Geodreieck sucht Futur I fürs Leben

Sylvester Pettr Clarkey

Geodreieck sucht Futur I fürs Leben

- Roman -

Herstellung und Verlag:
Books on Demand GmbH, Norderstedt
ISBN 978-3-7460-3636-6
erste Auflage: 11/2017

Bibliografische Information der Deutschen Nationalbibliothek:
Die Deutsche Nationalbibliothek verzeichnet diese Publikation in der
Deutschen Nationalbibliografie; detaillierte bibliografische Daten sind
im Internet über http://dnb.dnb.de abrufbar.

© *2017 Sylvester Pettr Clarkey*

Sylvester Pettr Clarkey ist das Pseudonym eines weit gereisten
Autors. Er schreibt gerne über alles Mögliche und ist ein lusti-
ger und kreativer Typ.

Geodreieck sucht Futur I fürs Leben
Autor: Sylvester Pettr Clarkey
Satz: Sylvester Pettr Clarkey
Foto: Sylvester Pettr Clarkey
Covergestaltung: Sylvester Pettr Clarkey
© 2017 by Sylvester Pettr Clarkey
Herstellung und Verlag: BoD - Books on Demand, Norderstedt

Orlando Kromway steht am Bahnsteig der Stadtbahn-Station „Schlossplatz" in Stuttgart. Seine Krawatte hängt über dem etwas fülligen Bierbauch, die mittelbraunen Haare hat er ordentlich über seinen Kopf mit Pomade geklebt, damit man die beginnende Glatze nicht so sehr sieht.

Orlando, ein Herr im besten Mannesalter, gerade 40, linst verstohlen auf die Dame neben ihm.

„Adrette Erscheinung", denkt er. „Ob ich wohl bei ihr landen kann?"

Parfümgeruch wabert an seine Nase. „Chanel Nummer Fünf" oder etwas Ähnliches. Orlando hat keine Ahnung von Frauendüften. Hat seine Ex-Freundin Chiara nicht immer gesagt, außer Bier-Gerüchen habe er sowieso nichts in der Nase?

Na ja, Chiara. Dieses Kapitel ist endgültig abgeschlossen.

Die schwarzgelockte Dame neben ihm fesselt ihn. Das leuchtend gelbe Kostüm steht ihr ausgezeichnet, die Lippen sind knallrot geschminkt. Aufreizend knallrot geschminkt.

Orlando schwitzt. Wie kann er das Objekt seiner Begierde auf sich aufmerksam machen?

Verhalten hüstelt er.

Doch nichts geschieht. Die Blicke der Schönen hängen an der Anzeigentafel, die den nächsten Zug nach Freiberg ankündigt.

Orlando fummelt an seiner Krawatte herum – bunte Wolkenkratzer auf dunkelblauer Seide. Das sei gerade in, hat ihm die Verkäuferin gesagt, als sie ihm die Krawatte aufschwatzte. Und er trägt sie fleißig.

Nichts passiert. Der Dame neben ihm kommt es nicht in den Sinn, ihn auch nur eines Blickes zu würdigen.

Wo sie wohl arbeitet? Vielleicht in einem Kaufhaus in der Kosmetikabteilung? Oder als Sekretärin in einer Weltfirma? Vielleicht auch in einem Reisebüro? Oder ist sie vielleicht Programmiererin eines aufstrebenden Unternehmens für Internethandel?

Blöd, dass er ihr nicht einfach eine SMS – also eine Nachricht über sein Smartphone – auf ihr Smartphone schicken kann. Vielleicht sollte er sie fragen, ob sie Mitglied einer Social-Media-Plattform ist. Vielleicht ist sie aber auch bei „Kanal 3P", einer App, über die es ganz leicht ist, Kontakt zu Verwandten und Freunden zu halten und ihn zu pflegen.

Versonnen schlenkert er seinen Aktenkoffer hin und her, so dass dieser leicht gegen seine Beine stößt. Die Beine, die in der peinlich genau gebügelten Anzughose stecken. Orlando liebt diesen grauen Anzug – sein ganzer Stolz ist, dass die Bügelfalte genau in der Mitte seiner Kniescheibe hängt.

Das sanfte Knallen seiner Aktentasche wird jäh verschluckt von der heranbrausenden Stadtbahn in Richtung Freiberg.

Hoffnungslos beobachtet Orlando, wie die schöne Dame in der Stadtbahn verschwindet.

Sie hat nicht einen Blick an den Mann neben ihr vergeudet.

2. Kapitel

Endlich daheim im Stuttgarter Stadtteil Botnang wirft Orlando seine glänzenden schwarzen Slipper unter die dunkelrote Cordsamtcouch.

Wieder ein Feierabend – alleine mit seinem Ramsch. Alleine zwischen Unmengen an Zeitschriften, ungewaschener Wäsche, ungelesener Bücher und dem dreckigen Geschirr von sieben Tagen.

Eigentlich hat er das Alleinsein satt. Es ödet ihn an, fast jeden Abend alleine zu sein. Er vermisst ein Gegenüber – eine Frau zum Anfassen. Eine Frau, mit der man reden kann. Eine Frau, die zu ihm passt. Zu gerne will er sich ändern – für die Frau seiner Träume.

Aber es scheint absolut nicht einfach zu sein, diese zu finden.

Bis er dreißig war, hatte er nie an eine feste Bindung gedacht. Die weite Welt lockte, Rucksacktouren mit Freunden nach Norwegen, Neuseeland, Thailand und woandershin. Beruflich hatte er sich seine Karriere als Verkaufsingenieur eines großen Maschinenbauunternehmens aufgebaut.

Als er die dreißig überschritten hatte, kostete er von dem Saft der Liebe. Allerdings schritt er nur durch kurze Episoden, kurze Partnerschaften. Es galt, so viele Frauen wie möglich in sein Bett zu bekommen, ihnen zu zeigen, wie man vor Leidenschaft raste. Ihnen zu zeigen, was für ein toller Mann er war.

Jede Frau hatte er bisher befriedigt, jede hatte ihn befriedigt. Allerdings dauerten seine Beziehungen nie länger als ein halbes Jahr. Wenn es dann dazu kam, „Nägel mit Köpfen" zu machen, eine festere Beziehung einzugehen, schreckte er entweder zurück oder die jeweilige Freundin.

Mit wie vielen Frauen hatte er schon geschlafen, wie oft drang er in sie ein, spürte das Nass ihrer Scheide, das sich mit seinem Samen mischte. Wie oft erfreuten sich seine Partnerinnen und er an einem Orgasmus, wie oft rasten sie in das Reich der Liebe, der sexuellen Lüste hinauf. Pfeilgerade hinauf wie eine Rakete in den Sternenhimmel.

Nach jeder Beziehung allerdings blieb der schale Geschmack des Versagens zurück. Wieder hatte es nicht geklappt, das gemeinsame Glück lag vor ihm zerbrochen wie dünnes Glas.

Und dennoch kann er nicht genug bekommen. Ihn faszinieren die Frauen, er will eine für immer an sich binden.

Aber wie soll er das anstellen?

Langsam schlurft er zum Kühlschrank und holt eine Dose „Deck's Bier" heraus. Dieses hatte er schon in Sydney und Chicago genossen – oder war es ein Bier der Brauerei „Drechsträter"?

Auch egal. Chiara hat den Kühlschrank vor exakt drei Wochen geputzt, aber ihm, Orlando, ist es gelungen, ein buntes

Sammelsurium durcheinander gewürfelter Lebensmittel daraus zu gestalten.

Vielleicht ist es Zeit, seine Wohnung aufzuräumen?

Heute jedoch steht ihm gar nicht der Sinn danach. Er lässt sich in seinen bequemen Cordsamtsessel plumpsen und knipst „Eurosport" an. Fernsehen – die Droge, die ihn immer schon beruhigt hat. Genau das, was er auch jetzt braucht.

3. Kapitel

Sechs Uhr morgens. Tick, tick, tick – ding, ding, ding! Der Wecker reißt Orlando nur allzu heftig aus seinen süßen Träumen. Schon wieder ein Arbeitstag! Na, dann mit frischer Kraft auf in den neuen Tag!

Der Kaffee, Marke „Wilde Bohne", mundet köstlich. Und auch das Knusperknäcke aus dem Hause „Käsa" wird Orlandos Bauchumfang nicht noch vergrößern.

So schlecht sieht ja sein Bauch beileibe nicht aus, findet Orlando. Damit wirkt er wenigstens gemütlich und umgänglich. Welcher Mann kann das schon von sich sagen?

Im Radio trällert die Gruppe „Take Schrott" einen ihrer Riesenhits. Orlando stürzt sich in seine langen Unterhosen. Kalt soll es heute werden und herbstlich – da muss man Nierenleiden einfach vorbeugen.

Orlando geht das Alleinsein langsam auf die Nerven. Wie schön wäre es, wieder einen Frauenkörper neben sich zu spüren, einen sanften Kuss auf die unrasierte Wange gehaucht zu bekommen? Chiara sollte es nicht mehr sein, der Typ Frau wie an der Stadtbahn-Station ist für einen Mann mit Bierbauch auch unerreichbar. Orlando wünscht sich einfach eine nette Frau, die seine Wohnung belebt, mit ihm sonntags zum Fußballplatz tigert und abends mit ihm das Bett teilt.

Aber wie findet er diese Frau?

Dieser Gedanke verfolgt ihn in der Stadtbahn und während seines Jobs als Verkaufsingenieur in einer Maschinenfabrik.

Der Gedanke verfolgt ihn auch nachmittags in der Filiale des Nachhilfeinstituts „DAS GEODREIECK" in Stuttgart-Feuerbach. Dort gibt er immer wieder Nachhilfe in Mathematik und Physik, ab und an auch in Deutsch.

Orlando hat tatsächlich zwei Jobs. Acht Stunden einen Job als Angestellter in einer Maschinenbaufirma, nach der Arbeit immer wieder als freiberuflicher Nachhilfelehrer.

In Stuttgart braucht man zwei Jobs, findet Orlando. Sonst kann man sich die teuren Mieten dort nicht mehr leisten. Deswegen ist er noch Nachhilfelehrer bei der namhaften Gruppe „DAS GEODREIECK – Nachhilfe für jedermann". Diese Nachhilfeinstitute gibt es in ganz Deutschland, sie sind renommiert und angesehen und haben einen guten Ruf! Sein dortiger Chef, Herr Maximilian Mordhorst, konnte die Gebietshoheit für den Stadtteil Feuerbach und einige andere Stadtteile in Stuttgart bekommen und bezahlt dafür jeden Monat einige hundert Euro Gebühr an die GEODREIECK-Zentrale in Osnabrück. So etwas nennt man „Franchising".

Man verdient gut als Inhaber eines Nachhilfeinstituts, wenn man es nur richtig anpackt, meint Maximilian Mordhorst. Und genau diesen Gedanken will er auch seinem Team von Nachhilfelehrern vermitteln.

„Das GEODREIECK – Nachhilfe für jedermann" schreibt auf seiner Homepage:

"Um unsere Nachhilfe stets auf einem hohen Niveau halten zu können und unsere Kunden stets zufrieden zu stellen, durchlaufen alle Nachhilfelehrer der Gruppe DAS GEODREIECK einen Qualifizierungsprozess, entwickelt und überprüft von Dozenten für Schulpädagogik der Universität Osnabrück unter der Leitung von Prof. Dr. Chlodwig Brothuhn. Noch bevor unsere Nachhilfelehrer ihre Tätigkeit bei uns beginnen, bekommen sie alle wesentlichen Grundlagen vermittelt, die sie benötigen, um das erfolgreiche Förderkonzept der Nachhilfeinstitute DAS GEODREIECK professionell umsetzen zu können."

Das klingt hervorragend – aber Orlando weiß, dass es in keiner Filiale von „DAS GEODREIECK – Nachhilfe für jedermann" eine solche Schulung für Nachhilfelehrer gibt. Es ist den Leitern der Nachhilfeinstitute zu teuer, eine solche Schulung für ihre Nachhilfelehrer zu finanzieren. Auch die Zentrale von DAS GEODREIECK will die Kosten dafür nicht übernehmen.

Das ist einer der vielen Nachteile dieses Nachhilfeinstitutes, weiß Orlando. Andererseits will er nicht klagen – denn mit dem Taschengeld, das er durch Nachhilfe verdient, kann er sein Gehalt etwas aufbessern und immer zuverlässig seine Miete bezahlen. Außerdem bleibt ab und zu noch etwas Geld für ein kleines Extra übrig – beispielsweise einen Wochenendtrip oder ein Essen mit Freunden in einem Restaurant.

Natürlich hat er seinen Chef in der Maschinenfabrik gefragt, ob er diesen Nebenjob als Nachhilfelehrer ausüben dürfe. Und sein Chef hatte nichts dagegen. Er weiß selbst, dass das Leben in Stuttgart ziemlich teuer ist.

Orlando wurde als Nachhilfelehrer sofort "ins kalte Wasser" geworfen. Er bekam also kaum Einarbeitung – und musste sich gleich vor Schülerin mit seinem Wissen beweisen. Das machte ihm nichts aus, da er bereits als Schüler und als Student Erfahrungen als Nachhilfelehrer in diversen Instituten gesammelt hat und durchaus weiß, worauf es bei einer guten Nachhilfe ankommt.

Akzeptiert werden bei „DAS GEODREIECK – Nachhilfe für jedermann" Hausfrauen, Studenten, Rentner und sonstige Leute, die sich in einem Nebenjob noch etwas verdienen wollen. Voraussetzungen sind, dass sie Nachhilfe geben können in Fächern, in denen in einer DAS-GEODREIECK-Filiale Nachhilfe gegeben wird, beziehungsweise Anfragen von Schülern und deren Eltern bestehen.

Auch Maximilian Mordhorst, der Inhaber der Filiale in Stuttgart-Feuerbach arbeitete lange Zeit als Angestellter. Dieser Job war ihm irgendwann zu langweilig – und so ergriff er die Chance zur Selbständigkeit. Sein Nachhilfeinstitut der Gruppe „DAS GEODREIECK – Nachhilfe für jedermann" sichert ihm ein gutes Auskommen. Wesentlich besser als der Job in der Industrie.

Maximilian Mordhorst ist wie ein Vater für seine Nachhilfeschülerinnen und Nachhilfeschüler – und außerdem der begnadete Nachhilfelehrer für Englisch und Latein, wenn er für diese Fächer keine externen Nachhilfelehrer finden kann. Also Studenten oder Hausfrauen oder Rentner, die gegen eine geringe Bezahlung von 12 Euro für 60 Minuten Nachhilfe für ihn arbeiten wollen. Der Betrag, den ihm die Eltern oder Erziehungsberechtigten für eine Nachhilfestunde bezahlen, liegt viel höher. 50 Euro für 60 Minuten – aber das darf er ja nicht laut sagen.

Als Leiter eines Nachhilfeinstituts ist Maximilian Mordhorst äußerst erfolgreich, denn eine Großstadt wie Stuttgart ist ja fast schon wie eine Goldader!

Im Moment hat Orlando sechs Nachhilfeschüler in zwei Kursen bei „DAS GEODREIECK" in Feuerbach – nämlich drei Schüler in Mathematik, die er 90 Minuten am Freitagnachmittag unterrichtet. Weitere drei Nachhilfeschüler hat er in Physik, die er am Montagnachmittag betreut. Manchmal hilft er noch aus, wenn es sein muss – wenn beispielsweise einer der anderen Nachhilfelehrer krank oder sonst wie verhindert ist. In solchen Fällen kann er auch Hausaufgabenaufsicht machen oder Schülern einen Text in Deutsch diktieren.

An all das denkt Orlando Kromway, als er gedankenverloren nach erledigter Nachhilfe von der Stadtbahnstation in seine Wohnung schlendert. Die Wohnung, die er schon seit Jahren gemietet hat. Seine Gedanken schlagen Kapriolen in seinem Gehirn, dass er einfach das Klimpern nicht mehr hört. Das Klimpern, verursacht durch ein Zwei-Euro-Stück, das plötzlich aus seiner Anzugtasche purzelt.

Doch Hubert vor dem Genschenfelde, Mitarbeiter einer Bank, hat es gemerkt, sammelt das Geldstück auf und hechtet Orlando hinterher.

„Sie haben etwas fallen lassen!", brüllt er.

Abrupt bleibt Orlando stehen, wie vom Donner gerührt. Es gibt noch ehrliche Seelen auf dieser kalten Welt, die Zwei-Euro-Stücke ihren Besitzern zurückgeben!

„Danke!", lächelt Orlando beinahe scheu und steckt das Geldstück in seinen dunkelbraunen Ledergeldbeutel. „Ich sehe Sie jahrelang an dieser Station auf die Stadtbahn warten, aber noch nie sind wir miteinander ins Gespräch gekommen!"

„So geht es mir auch!", grinst Hubert vor dem Genschenfelde. „Sie wohnen schon lange in Botnang, nicht wahr?"

„Klar!" Orlando mustert den Mann vor ihm, dessen schlanke Gestalt in einem schicken blauen Anzug steckt. „Und Sie? Wohnen Sie auch hier?"

„Ja, ich wohne am Ortsende von Botnang, aber das ist ja nicht weit entfernt."

Orlando wundert sich, wie einfach es auf einmal scheint, mit Hubert vor dem Genschenfelde Bekanntschaft zu schließen. Eigentlich ein netter Mann, der sicherlich eine tolle Freundin zu Hause hat.

Ehe sie sich versehen, sind sie auf einmal ins Gespräch vertieft. Hubert vor dem Genschenfelde ist sogar verheiratet. Orlando staunt.

„Aber ich würde nie wieder heiraten!" Hubert vor dem Genschenfelde schüttelt den Kopf. „Mit meiner Frau bin ich total vom Regen in die Traufe geraten! Dauernd keift sie herum und bringt die beiden Kinder gegen mich auf. Seien Sie froh, dass Sie nicht verheiratet sind!"

„Froh? Ich?" Orlando schüttelt energisch den Kopf. „Ich habe viel zu lange damit gewartet. Und jetzt ist der Zug in diese Richtung wahrscheinlich abgefahren. Seien Sie froh, dass Sie nicht Single sind! Ich fühle mich manchmal wirklich einsam!"

„Man sieht es Ihnen aber nicht an!", meint Hubert vor dem Genschenfelde. „Sie machen eher einen gelösten Eindruck – ganz im Gegensatz zu den Ehemännern und Familienvätern, die tagtäglich zu dieser Bahnstation strömen."

Orlando wundert sich nur noch. War er doch überzeugt, das Aushängeschild „Suche Frau fürs Leben" müsste jedermann und jede Frau weithin leuchten sehen. Das scheint jedoch ganz und gar nicht der Fall zu sein.

Sie diskutieren eingehend über die Vor- und Nachteile des Single- und Familienlebens.

„Versuchen Sie es doch mit einer der Partneragenturen im Internet – oder suchen Sie nach einer passenden App im Smartphone!", rät Hubert vor dem Genschenfelde seinem neuen Freund schließlich. „Ich kenne etliche Leute, die damit bereits Volltreffer erzielt haben."

„Hmm – ich weiß nicht recht." Orlando ist von dieser Idee nicht ganz überzeugt. „Viele Leute zeigen doch Hemmungen, Partnerbörsen im Internet zu kontaktieren. Und wie das mit Partner-Apps auf dem Smartphone funktioniert, weiß ich gar nicht."

„Probieren Sie es doch einfach aus, bevor Sie Spekulationen anstellen!" Hubert vor dem Genschenfelde lächelt Orlando aufmunternd zu. „Solange Sie diese Möglichkeit nicht ausprobiert haben, können Sie nicht sagen, dass für Sie in Sachen Partnerschaft der Zug bereits abgefahren ist."

„Vielleicht haben Sie doch recht. Ich sollte mir einen originellen Text einfallen lassen und das in mein Partnerprofil ins Internet schreiben. Etwas, das noch nie da war. Etwas, das Frauen sofort ins Auge schießt."

„Na – bravo! Jetzt gefallen Sie mir! Ich hoffe doch, dies war nicht unsere letzte Unterhaltung?"

„Bestimmt nicht!" Orlando lächelt, verabschiedet sich von Hubert vor dem Genschenfelde und schlendert langsam nach Hause.

Und er dachte schon, dieser Tag sei wie jeder andere. Dabei hat er einen neuen Freund gewonnen. Dieser Hubert vor dem Genschenfelde hat wirklich Power – schade, dass seine Ehe ein solcher Reinfall ist!

Die Idee, die Hilfe einer Partnerbörse im Internet in Anspruch zu nehmen, hört sich gut an. Und in seinen Gedanken reift auch schon eine Idee. Nicht das Internet, sondern eine ganz herkömmliche Methode…

4. Kapitel

W ie bitte?" Die Dame an der Anzeigenannahme der hiesigen Tageszeitung blickt Orlando fragend in die grünen Augen. „Wiederholen Sie diesen Anzeigentext nochmals!"

„Vollschlankes Geodreieck sucht Futur I fürs Leben!" Orlando schüttelt den Kopf. Wie umständlich sich manche Menschen gebärden, wenn man einen Anzeigentext erfindet, der nur ein bisschen außerhalb der Norm liegt!

„Okay." Die Dame schluckt hörbar. „Schreiben wir das also in die Anzeige. Soll noch ein anderer Text dazukommen?"

„Ja. ‚Flotter Vierziger wartet auf deine Zeilen – ich freue mich auf dich'." Orlando bleibt ganz gelassen. Nur einige Minuten noch, und er kann aus diesem komischen Zeitungsgebäude huschen!

Die Dame schnauft. „Eine Kleinanzeige mit Chiffre – vierzehn Worte – das macht genau 55,80 Euro!"

Orlando lächelt. Kontaktanzeigen sind nicht billig – aber warum soll er auf das Geld sehen, wenn er vielleicht die Frau fürs Leben findet? Wortlos kramt er die Summe heraus und legt sie auf den Schreibtisch der Dame.

Sie verstaut das Geld und händigt Orlando den Beleg aus. Hübsch sieht sie aus, blond und schmal. An ihrer linken Hand prangt demonstrativ ein Ehering. Wahrscheinlich musste sich diese Frau noch nie außergewöhnliche Anzeigen ausdenken, um sich einen Mann zu angeln, denkt Orlando schon beinahe neidisch.

Erlöst springt Orlando aus dem Gebäude und hastet zur Stadtbahnstation. In Botnang läuft ihm Herr vor dem Genschenfelde fast schon in die Arme.

„Ich habe die Anzeige bereits heute aufgegeben!", raunt ihm Orlando glücklich zu. „Jetzt bin ich auf das Ergebnis gespannt!"

„Gratulation, lieber Freund!" Herr vor dem Genschenfelde freut sich sichtlich. „Sie werden mir doch erzählen, wer Ihnen schreibt?"

„Das will ich gerne tun!" Orlando gefällt sein neuer Freund immer besser, und spontan schlägt er vor:

„Wenn wir schon so vertraulich miteinander reden, könnten wir uns doch duzen! Was meinen Sie dazu?"

„Natürlich sagen wir ‚du'! Ich heiße Hubert!" Huberts Augen blitzen wie Weihnachtskerzen, als er seinem neuen Freund auf die Schultern klopft. „Und wie heißt du?"

„Orlando – typisch schwäbisch eben!"

„Toll, Orlando! Wir sollten jetzt eigentlich auf unser Wohl anstoßen! Um diese Zeit trinke ich noch keinen Alkohol. Aber ich kann dich zu einer Tasse Kaffee einladen. Hast du Lust?"

Das lässt sich Orlando nicht zweimal sagen. Er – der Kaffeefetischist, wie er im Buche steht. Fröhlich folgt er Hubert in das überdachte Häuschen, das für Stadtbahnpassagiere gedacht ist, die bei Regen Schutz suchen.

Geschickt gießt Hubert das duftende, heiße Getränk aus einer silberfarbenen Warmhaltekanne in zwei Pappbecher.

„Auf uns!", ruft er dann und hebt seinen Becher.

Auch Orlando prostet seinem neuen Freund fröhlich zu. Beide haben es sich auf zwei alten Holzstühlen gemütlich gemacht.

„Wie lautet denn dein Anzeigentext?", will Hubert wissen.

„Bevor ich dir das verrate, sollte ich dir meine Vorüberlegungen schildern." Orlando nimmt einen Schluck und fährt sich über sein leicht fettiges Haar. „Ich gebe ab und zu am Nachmittag Nachhilfe in einem Institut, das zum großen deutschlandweiten Nachhilfeinstitut-Anbieter ‚DAS GEODREIECK – Nachhilfe für jedermann' gehört. Sicherlich hast du schon davon gehört?" Hubert nickt eifrig.

„Wenn alle GEODREIECK-Institute versuchen, eine Anzeigenkampagne für neue Nachhilfeschüler zu starten, sprechen sie immer folgendermaßen: ‚Wir bieten Ihrem Kind nicht nur Geodreiecke, sondern kompetente Nachhilfe‘. Warum sollte ich also bei einer Kontaktanzeige für mich die Tatsache, dass ich Nachhilfe bei DAS GEODREIECK gebe, nicht erwähnen? Auch so kann ich den Frauen auf mich Appetit machen!“

„Das klingt sehr spannend. Und wie hast du den Anzeigentext gestaltet?“

„Der Schlankste bin ich ja nicht gerade...“ Beinahe frustriert blickt Orlando wieder auf seinen Bauch. „Wenn ich allerdings diese Tatsache verheimliche, ist so manche Frau vielleicht geschockt, wenn wir uns persönlich kennen lernen. Also beschloss ich, die Vorteile meiner Figur und des gerade genannten Nachhilfeinstituts hervorzuheben“, Orlando grinst schelmisch. „Ich schrieb einfach: ‚Vollschlankes Geodreieck sucht Futur I fürs Leben‘. Das Geodreieck steht hier für meine Liebe zur Mathematik. Und das ‚Futur I‘ kennt jeder, der im Deutschunterricht aufgepasst hat. Das Futur I – also Futur eins - ist eine Zeit – nämlich die Zukunft. Ich suche eine Partnerin für eine gemeinsame Zukunft.“

Sein Gegenüber schweigt zunächst. Dann aber hellt sich sein Gesicht auf.

„Diese Idee ist riesig – phänomenal! Darauf muss man erst einmal kommen!“

„Genau das denke ich auch!“, lacht Orlando und hebt noch einmal seinen Pappbecher triumphierend in die Höhe.

5. Kapitel

Rosi Brunnengräber betritt ihr Zwei-Zimmer-Apartment im Stadtteil Vogelsang.

„Endlich erlöst!“, denkt sie und lässt sich auf ihr braun-gelb kariertes Sofa plumpsen. Rosi ist Lehrerin, und die

Schüler haben sie heute wieder regelrecht geschlaucht. Warum wird es immer schwieriger, Ordnung und Ruhe in eine 30-köpfige Schulklasse zu bringen?

Müde schweift ihr Blick über ihre Wohnzimmermöbel. Einsam fühlt sie sich – ihre letzte Beziehung beendete sie gerade vor einem halben Jahr.

„Ein neuer Mann muss her", denkt sie. „Aber wie soll ich das anstellen?"

Mit der Unordnung in ihrer Wohnung wird sie vorläufig keinen Blumentopf gewinnen, geschweige denn, einen Mann anlocken.

Unordnung – ein Fluch unserer heutigen Gesellschaft – und besonders bei Singles weit verbreitet. Man hat alles, hebt vieles auf – in der Hoffnung, das eine oder andere noch irgendwann gebrauchen zu können.

Als Grundschullehrerin sammelt Rosi alles. Ihre Pappkartonsammlung hat bedrohliche Ausmaße angenommen, etliche Kalenderblätter mit Blumenmotiven warten darauf, endlich im Sachkundeunterricht eingesetzt zu werden. Oder die vielen Bücher, die man zur Unterrichtsvorbereitung brauchen könnte, aber doch nie verwendet, weil man keine Zeit hat.

Rosi hasst ihre Unordnung, sie hasst ihre Einsamkeit, und heute hasst sie auch ihren Beruf.

Eigentlich wird es Zeit für einen neuen Liebhaber – einen Mann, für den sie ihre Wohnung in Ordnung bringt, einen Mann, der ihre Einsamkeit raubt, ein Mann, der ihre Gedanken in Schwung bringt. So sehr in Schwung bringt, damit ihr Unterricht lebendig wird und sie ihre Schüler wieder eher ertragen kann.

Ein Gedanke schießt durch ihren Kopf – schnell wie eine Sternschnuppe. Warum hat sie noch nie auf eine Kontaktanzeige in einer Zeitung geantwortet? Vielleicht, weil den Herrschaften, die eine solche Anzeige platzieren, einst der Ruf anhing, sie seien nur zweite Wahl, sie würden anderweitig keinen Partner finden.

Aber hat sich heute die Situation nicht geändert? Es wird immer schwerer, den passenden Partner zu finden, weil so viele Leute sich nicht mehr binden wollen. Und so landen auch „normale" Menschen in den Kontaktanzeigen.

Weiterhin boomen die Partnersuchagenturen im Internet. Es gibt viele davon mit ausgefallenen Namen. Rosi hat sich schon einige davon angeschaut, aber sie zweifelt noch, ob solche Partneragenturen überhaupt glaubwürdig und seriös sind.

Rosi angelt nach der „Stuttgarter Zeitung", die auf ihrem Sessel liegt und blättert darin. Fetzige Überschriften und aufreizende Fotos interessieren sie im Moment nicht – sie sucht nach den kleinen, beinahe schüchtern versteckten Kontaktanzeigen.

„Raucher – 1,72 m groß – sucht eine Pferde liebende Skorpionfrau", liest sie. Nein, jemand, der seine Partnerin nach Sternzeichen auswählt, ist nichts für sie, denn sie glaubt nicht an die Märchen, die die Astrologen erfinden und die dann unter dem Decknamen „Horoskope" Einlass in viele Zeitungen und Zeitschriften finden.

„Bauer, 1,60 m groß, sucht Partnerin, die mit ihm das Landleben neu entdecken möchte." Nein, das ist auch nichts für Rosi. Sie mag das Landleben nicht. Ihr gefällt Stuttgart, diese pulsierende Metropole in Baden-Württemberg. Auf einem Dorf herrscht meistens „tote Hose" – was gibt es da zu entdecken?

Plötzlich bricht Rosi in Lachen aus. Nein, das gibt es doch nicht! „Vollschlankes Geodreieck sucht Futur I fürs Leben!" Ein Mann, der eine solche Anzeige aufgibt, muss viel Bildung und Humor besitzen.

40 Jahre? Das ist auch nicht schlecht – Rosi zählt gerade 35 Lenze – also kein großer Altersunterschied.

Sie amüsiert sich über diese Anzeige mit Chiffre. „Dieser Mann ist wirklich gebildet und passt zu einer Lehrerin, wie ich eine bin", denkt sie. „Auch wenn er keine Traumfigur besitzt – so ist er wenigstens gebildet und zeigt das auf originelle Art und Weise. Er kennt sich bestens in der deutschen Grammatik aus und demonstriert das auch. Was für eine gute Idee!"

Hätte er „Klugscheißer" geschrieben, wäre jede Frau negativ berührt gewesen. Aber „Geodreieck" klingt gut – wirklich gut! Das klingt nach einem Mann, mit dem man tolle Gespräche führen kann!

Auf einmal brennt Rosi darauf, diesem Mann sofort einen Brief zu schreiben. Rosi liebt Briefe, obwohl sie schon längst aus der Mode gekommen sind. Aber gerade das Altmodische spricht für Persönlichkeit.

Zuerst einmal stellt sie sich kurz vor – die schlankste ist sie nicht, aber einen Bierbauch hat sie noch nicht vorzuweisen. Bei ihr haften die Pfunde immer am Po – sie kleben fest wie angeschweißt. Selbst durch die „Klothilde-Drei-Stunden-Diät" und die „Diät-Schokoladen-Diät" aus der Zeitschrift „Flotte Biene" konnte sie bisher diese Pfunde nicht zum Schmelzen bringen.

Jedoch sieht auch nicht jeder Mann wie der junge Richard Gere oder der junge Tom Cruise aus. Warum soll sich Rosi also schämen?

Gleich am nächsten Morgen wird sie den Brief in den Briefkasten werfen. Ob sie wohl eine Antwort bekommt?

6. Kapitel

Orlando wacht auf – fit und erfrischt. Er hat die Kontaktanzeige aufgegeben – das hat sein Leben mit Spannung angereichert. Knisternde Spannung. Wie schön doch das Leben sein kann, wenn man auf einmal ein konkretes Ziel verfolgt!

Selbst sein Penis – von ihm liebevoll „Macker" genannt – reagiert auf einmal ganz anders. Viel besser. Orlando reibt und reibt daran, bis sein „Macker" steil in die Höhe steht. Das tut gut, so gut. Es fühlt sich schon beinahe an, als ob weiche Frauenhände daran reiben, erfüllt ihn mit derselben Erregung, die er schon beinahe vergessen hatte.

Schließlich erreicht Orlando seinen sexuellen Höhepunkt und fängt die Spuren in einem Papiertaschentuch auf.

Nach dem morgendlichen Orgasmus fühlt sich Orlando besser – wohin ist die ansonsten eintretende Schlappheit entschwunden? Na, egal.

Alles scheint heute besser, heller, fröhlicher zu sein. Die Arbeit als Verkaufsingenieur am Morgen bereitet Orlando wieder mehr Spaß – flink bearbeitet er neue Verträge im Computer. Auch die gefürchtete Arbeitskollegin Angelika mit ihrer spitzen Zunge ist plötzlich leichter zu ertragen. Eine reizvolle Person, aber warum ist sie stets so zickig? Wie sie wohl reagiert, wenn man ihr richtig unter den Rock fasst?

Aber Orlando hat sich in der Gewalt. Für solche Eskapaden müsste er Angelika abends zum Kaffeetrinken einladen, nach einer Weinschorle könnte man dann in seine oder ihre Wohnung aufbrechen. Und außerdem möchte er doch erst einmal abwarten, wer auf seine Anzeige antwortet. Vielleicht braucht er sich dann nie wieder zu überlegen, wie er sich an Angelika „ranschmeißen" kann.

Um zehn Uhr erscheint eine Delegation aus Südkorea, um eine Maschine zu besichtigen. Die Leute sind extra aus Seoul angereist. Die Maschine, die Orlando heute mit Hilfe einiger Monteure und Techniker demonstrieren soll, hat die Firma FOU PANG, zu der diese geschäftigen Koreaner gehören, gekauft. Bevor die Maschine nach Korea geliefert wird, soll sie auf Herz und Nieren geprüft werden.

„Orlando, deine Koreaner sind da!", flötet Sonja Knallhuber, die die Telefonanlage bedient, durchs Telefon.

„Danke! Ich komme gleich!" Orlando ist aufgeregt, legt den Hörer auf die Gabel und prüft noch einmal seine Krawatte vor dem Garderobenspiegel. Heute trägt er eine, die bunte Wäschestücke auf einer Leine zeigt – befestigt mit pastellfarbenen Wäscheklammern. Diese hat er schon öfters zur Schau gestellt, und Angelika meinte sogar einmal gehässig:

„Ich habe den ganzen Tag nur auf deine Krawatte gesehen – sie sieht weit besser aus als du!"

Na ja – mit solchen Bemerkungen muss man in seiner Position von Angelika „Spitzmaul" – wie er sie insgeheim betitelt – rechnen.

Zum ersten Mal wird er Koreaner betreuen. Angst verspürt er keine, aber genug Aufregung. Seine Vorgesetzten haben ihm noch allerhand Ratschläge eingeimpft, wie zum Beispiel:

„Lassen Sie die Koreaner nur keine Fotos knipsen – das erhöht den Wert unseres Unternehmens!"

Oder: „Händigen Sie keine Maschinenzeichnungen oder Bedienungsanleitungen schon jetzt an die Leute aus – diese Dokumente erhalten die Kunden bei Auslieferung der Maschine und nicht vorher!"

Gut – Orlando scheint hervorragend gewappnet, die Krawatte sitzt perfekt, das Haar liegt gestriegelt auf der beginnenden Glatze. Die Anzugjacke knöpft er noch hastig im Aufzug zu – das wirkt schicker.

Er federt locker aus dem Aufzug und begrüßt die vier lächelnden Asiaten, die ihm eifrig ihre Hände entgegenstrecken. „Guten Morgen – good morning! Hatten Sie eine angenehme Reise – did you have a nice trip?"

"Ja – yes!" Die Koreaner nicken eifrig wie Marionetten und zücken ihre Visitenkarten. Der Austausch von Visitenkarten ist in Asien beinahe ein Ritual – auch Orlando besitzt jetzt schon eine bunte Sammlung.

Sie schreiten in die Montagehalle – Orlando läuft entspannt neben seinen Kunden her und erntet bewundernde Blicke der Monteure. Tja – seine Kunden hat Orlando gut im Griff – nur mit den Frauen hapert es bisher.

Tief atmet Orlando durch und steht schließlich vor der Maschine, die an die Koreaner verkauft wurde. Herr Park, einer der Koreaner, zückt erwartungsvoll seine „Pentax 3000" mit dem Super-Zoom-Objektiv.

„No – no photos please! Nein, keine Fotos bitte!" Forsch hält Orlando seine Hand auf die Kamera.

„Why not? – Warum nicht?" Der Koreaner scheint hartnäckig.

Ja – warum nicht? Vor lauter guten Ratschlägen hat sich Orlando keinen plausiblen Grund einfallen lassen. Bevor er sich versieht, hüpft der Koreaner um die Maschine herum und schießt ein Foto nach dem anderen.

„This is our machine – das ist unsere Maschine!", so lautet seine Begründung für das Blitzlichtgewitter, und Orlando hofft, dass der Chef oder einer der Vorgesetzten nichts bemerkt haben.

Ein Monteur stellt die Maschine an, die gleichmäßig kleine Flaschen nacheinander auf ein Band transportiert, mit Wasser füllt und schließlich mit Gummistopfen und Metallkappen verschließt.

Alles läuft prächtig – die Koreaner haben sich mit offenen Mündern um die Maschine gruppiert. Ab und zu tauschen sie Bemerkungen aus – in Koreanisch, einer Sprache, die Orlando nicht versteht.

Herr Park spricht am besten englisch und übersetzt das meiste der Unterhaltung seinen ständig lächelnden Kollegen.

„A drawing of the machine, please! Könnten wir einen Projektplan der Maschine bekommen, bitte?" Da ist die gefürchtete Frage, diesmal aus dem Mund von Herrn Bung, der bisher nur wenig gesagt hat.

Orlando schluckt. Was soll er sagen? Bisher durfte jeder Kunde Einsicht in die Zeichnungen nehmen – warum die Koreaner nicht?

„Ich habe gerade keine da", entschuldigt sich Orlando. „Aber bei Auslieferung der Maschine bekommen Sie selbstverständlich eine.

„Nein – wir möchten sie jetzt sehen!" Herr Bung bleibt hartnäckig, und seine Kollegen bekräftigen ihn eifrig nickend.

Orlando organisiert zähneknirschend eine Zeichnung aus der Pauserei. Der Kunde ist König, so heißt es doch immer, und Orlando fallen auch keine Ausflüchte mehr ein. Diese Leute scheinen von ihrer Firma in Korea perfekt geschult zu sein.

Mittags führt er die Kunden in eine Pizzeria und bekommt so immerhin ein Mittagessen umsonst. Nachmittags versammeln sie sich wieder um die Maschine, die auf einmal nicht mehr funktionieren will. Flaschen zerbrechen, weil die Füllnadeln nicht mehr in die Mitte der Öffnung treffen. Ein Monteur verstreut aus Versehen alle Metallkappen, und einige Lehrlinge dürfen diese zähneknirschend aufheben. Und plötzlich füllt die Maschine zu viel Wasser in die Fläschchen. Wasser, das auf den Boden tropft und langsam ein Fußbad um die Maschine herum schafft.

Die Monteure fluchen und schnauben. Zerknirscht verspricht man, die Fehler zu beheben, aber man kann die Fehlerquelle zuerst nicht finden. Orlando schwitzt, diese Maschinendemonstration verwandelt sich in eine Katastrophe. Dabei fing alles doch so positiv an.

„So können Sie uns die Maschine nicht nach Korea liefern!", meint Herr Park rigoros. „Sollte die Maschine morgen nicht funktionieren, werden wir einen Preisnachlass verlangen!"

Orlando schwitzt, verspricht den Kunden das Blaue vom Himmel und ist froh, dass heute der Abteilungsleiter mit dem Chef im Schlepptau diese Kunden zum Abendessen ausführen wird.

Frustriert steigt Orlando um 19 Uhr in die Stadtbahn nach Botnang.

„Na, wie geht es?", begrüßt ihn Hubert vor dem Genschenfelde munter. „Wie fühlst du dich?"

Auch Hubert musste heute Überstunden machen. Es gab eine Besprechung in „seiner" Bank über die neuen Kreditbestimmungen. Dennoch schaut er immer noch frisch und munter aus, als wäre er gerade aus dem Urlaub gekommen. Orlando beneidet ihn darum.

Auf Huberts Frage nach seinem Wohlergehen antwortet Orlando nur „bescheiden!" Das ist ehrlich. Weiterhin fällt ihm ein, dass er seine originelle Kontaktanzeige beinahe vergessen hat. Kurz erzählt er seinem Freund die heutige Maschinendemonstration.

„Ruh' dich daheim aus und schaue ein bisschen fern! Das hilft mir auch immer!", rät Hubert, und Orlando ist froh, dass er einen solch besorgten Freund gefunden hat.

„Wir reden noch ausführlicher miteinander!", verspricht er ihm und wird vom Straßengewirr verschluckt.

Vor seiner Apartmenttür bemerkt er, dass diese unverschlossen ist. Nanu – ist jemand während seiner Abwesenheit hier eingebrochen?

Nein, es ist Chiara, die sich bei Erdnüssen und einem Glas Sekt vor dem laufenden Fernsehgerät in Orlandos Lieblingssessel räkelt.

„Na – überrascht?", meint sie pfiffig und bietet ihm auf seiner eigenen Couch einen Platz an.

„Chiara, was machst du hier?" Verblüfft starrt er sie an, als sei sie eine Fata Morgana. Ihre schlanken Beine stecken in verführerischen Seidenstrumpfhosen.

„Sie sieht immer noch gut aus – verdammt gut aus!", denkt er, und sein Blick gleitet von den erotischen Seidenstrumpfhosen über das mintfarbene Minikleid bis hin zu ihrem Puppengesicht, das keck von ein paar schwarzen Haarstoppeln umrahmt wird.

„Ich hatte noch deine Wohnungsschlüssel!" Grinsend zieht sie ein Schlüsselbund aus ihrer Handtasche, wedelt damit vor Orlando' Nase hin und her, löst einen der Schlüssel und übergibt ihn artig Orlando.

„Danke!" Er ist gerührt. „Ich hatte – ehrlich gesagt – vergessen, dass du noch einen Schlüssel von mir hast!"

„Weil du hoffnungslos bist!", bemerkt sie spitz und nippt an ihrem Sektglas. „Du würdest es wohl nicht einmal mitbekommen, wenn du einen deiner Schlüssel verlierst!"

Orlando schweigt, weil er weiß, dass sie ein wenig recht hat. Ein wenig nur – denn er fühlt sich als Mann in einer stärkeren Position, in der er sich mehr Entgleisungen leisten darf.

24

Sollte er allerdings eine Frau für immer an sich binden wollen, muss er diese Meinung ablegen – schießt ihm auf einmal durch den Kopf. Und plötzlich sieht er Chiara mit anderen Augen. Irgendwas hat sie noch vor – sonst würde sie jetzt auf Nimmerwiedersehen abhauen.

Aber sie scheint auf dem Sessel festzusitzen wie angeklebt.

„Kann ich sonst noch etwas für dich tun?", fragt er höflich.

„Ja – ich lieh dir vor einigen Wochen meine ‚Calvin-Harris'-CD aus. Weißt du noch? Die möchte ich gerne wiederhaben!"

„Calvin Harris? Der Typ ist absolut nicht mein Musikgeschmack! Sicherlich irrst du dich!"

„Ich habe sie bei dir gefunden!" Triumphierend hält Chiara die CD dieses angesagten DJs und Musikproduzenten in die Höhe. „Du bist wirklich eine hoffnungslose Krämerseele!"

Orlando beginnt wieder zu schwitzen. Diese Frau hat recht, sie durchschaut ihn total, sie kennt ihn zu gut.

Und sie erregt ihn noch immer.

7. Kapitel

Was jetzt passiert, geschieht ganz schnell – ist fast schon Routine. Chiara sitzt da – erotisch, anziehend. Und plötzlich ist Orlando auf ihr, berührt sie und greift ihr unter den Rock.

„Sie will es – sie spricht immer noch auf mich an", denkt er verwirrt und macht einfach weiter.

„Du liebe Zeit – ich reagiere immer noch auf ihn", denkt Chiara beinahe verzweifelt, genießt aber gleichzeitig, wie seine gierigen Hände langsam über ihre Haut streichen.

„Willst du es – jetzt?", fragt Orlando, um sich zu vergewissern, ob er auch das Richtige tut. Vergessen sind die Streitereien gegen Schluss ihrer Beziehung.

„Ich denke schon". Zögernd kommt ihre Antwort, aber ihre Reaktionen sprechen eine andere Sprache.

„Okay." Er steht auf und führt sie zu seinem ungemachten Bett. Der Fernseher plärrt noch im Hintergrund – Hugo Egon Balder unterhält sich in „Genial daneben" mit einem Komiker aus seinem Rateteam. Es gilt wieder einen lustigen Begriff zu erraten, den Orlando ebenfalls nicht kennt. Aber das ist jetzt egal.

Chiara legt sich in die Kissen, und Orlando zieht sie langsam aus. Er weiß genau, wie er vorgehen muss.

Chiara ist so einfach zu bedienen wie eine Maschine. Erst erregt er ihre Brüste mit Küssen und Streicheln, dann befriedigt er sie mit seinem Finger.

Anschließend ist sie erschöpft und kritisiert nicht seinen „Macker", der nicht immer so will, wie er es will.

Ihre Kleider liegen verstreut auf dem grünen Teppichboden. „Ich wollte eigentlich nur meine CD holen", meint sie schwach, bevor er sie wieder in die linke Brustwarze beißt.

„Aua – bitte nicht so stark!", jammert sie.

„Früher warst du nicht so zimperlich!" Triumph schwingt in seiner Stimme. Die gute Chiara hat nachgelassen, will er denken. Aber sie packt seinen „Macker" und zieht provozierend daran.

„Bitte, Chiara, benimm dich! Ich bin auch jetzt ganz sanft zu dir!" Seine Finger prüfen, ob ihre Scheide feucht ist. Damit dieser Tag noch ein gutes Ende nimmt, will er seine Ex-Freundin befriedigen.

„Du lässt wohl nicht locker, was?" Ironisch kommen die Worte, aber sie hält jetzt still. Er beißt und saugt an ihren Warzen, seine Lippen umkreisen ihre Brüste, während sich sein Finger immer schneller in ihrer Scheide bewegt. Wieder kommt er in Übung – er könnte ewig so weitermachen.

Und Chiara erreicht ihren sexuellen Höhepunkt und schreit voller Ekstase.

„Danke!", meint sie schließlich erschöpft und betrachtet ihre Brüste. „Ich hatte einen tollen Orgasmus! Aber, was ist mit dir?"

Er fummelt an seinem „Macker" herum, der auf einmal klein und schlaff aus seinem Hosenladen baumelt.

„Mein ‚Macker' braucht noch eine kleine Aufwärmphase – danach wirst du ihn allerdings nicht wiedererkennen!" Schnaufend zieht und knuddelt er seine Männlichkeit, aber das Ding will nicht richtig steif werden.

„Lass mich mal machen!", bietet sich Chiara an, schließt sanft ihre Hände um den „Macker" und reibt ihn. Er wird fester als vorhin, ist aber immer noch zu schlaff für den richtigen Orgasmus.

„Ich probiere es trotzdem!" Orlando will nicht aufgeben und stößt langsam in Chiaras Öffnung. Ihm fallen wieder die Flaschen ein – die Füllnadeln trafen heute nicht in die Öffnung. Aber er verwirft den Gedanken wieder. Total unpassend im Moment! Warum verfolgt einen Angestellten die Arbeit bis hin zum Orgasmus?

Chiara hilft Orlando, aber kurz vor dem „Eingang" rutscht der „Macker" kläglich aus.

Sie probieren es noch eine Weile, aber es will nicht funktionieren.

„Mit deinem Finger bist du hervorragend – mit deinem ‚Macker' aber hoffnungslos!" Chiara schüttelt den Kopf und schlüpft hastig in ihre Kleider. „Adieu, Orlando, ich suche einen richtigen Mann – mit einem kompetenten ‚Macker'! Danke für meine CD!"

Zynisch präsentiert sie ihm nochmals die „Calvin-Harris"-CD und entschwindet dann aus seiner Wohnung. Klack – die Türe fällt zu, und Orlando bleibt zurück wie ein begossener Pudel.

Vielleicht hätte er Chiara gestehen sollen, dass er heute Morgen einen tollen Orgasmus genossen hat und deswegen also sein „Macker" doch absolut fähig ist! Aber er getraute sich nicht.

8. Kapitel

Beatrix Pfifferling stürmt am Feierabend in das Apartment, das sie zusammen mit ihrem Freund Fabian im Stuttgarter Stadtteil Kräherwald bewohnt. Beinahe fliegt sie über viele Kisten.

„Was stellst du mir in den Weg!", bellt sie. Die gute Laune ist schon wieder verflogen.

Fabian hämmert verbissen in seinen Computer, hält ab und zu fasziniert inne, um zu sehen, welche Informationen er jetzt abrufen kann. „Surfen im Internet" nennt man das, und Fabian steckt momentan in einem Programm der Partei „Die Grünen".

„Warum maulst du wieder am frühen Feierabend? Hattest du wieder Ärger mit deinem Chef?", meint er beinahe scheinheilig.

„Nein. Ich kam mit glänzender Laune hierher – und fliege überraschend über diese dämlichen Pappkisten!"

„Ach – sie enthalten nur meine EDV-Ausdrucke aus den Jahren 2005 bis 2007. Eigentlich wollte ich sie vorhin in den Keller räumen – aber irgendwie habe ich das vergessen!"

„Du und deine blöde Unordnung! Wahrscheinlich soll ich diesen Papierkram jetzt in den Keller räumen. Warum hebst du diese alten Listen überhaupt auf?" Sprudelnd kommen Beatrix' Vorwürfe. „Wir schreiben unterdessen das Jahr 2017. 2017 – verstehst du?"

„Ja, Schatz!", versucht Fabian einzulenken. Warum muss seine Freundin nur so aufbrausend sein? „Aber es kann doch sein, dass ich die Listen irgendwann brauche!"

„Irgendwann? Du bist komplett verrückt! Du hast sie in den letzten zehn Jahren nicht mehr angesehen – also wirst du sie *nie wieder* verwenden – verstehst du mich?"

Fabian nickt. Er versucht ja sein Bestes, sie zu verstehen. Aber immer will ihm dies nicht gelingen. Der Computer ist nun einmal seine Leidenschaft. Andererseits liebt er Beatrix immer noch abgöttisch. Sie hat ja recht mit den Vorwürfen wegen seiner Ordnungsliebe, die nicht existiert. Er hebt gerne alles auf – in der Hoffnung, alles noch irgendwann verwenden zu können.

Sie dagegen ist ständig am Aufräumen und Wegwerfen – und besitzt nur das Allernotwendigste, weil Fabians Kram in der Wohnung schon genug Platz verschlingt. Jahrelang verlor sie kein Wort darüber, duldete seine Unordnung stillschweigend. Aber langsam reißt ihr der Geduldsfaden – genauer gesagt, seitdem er immer mehr Zeit vor dem Computer, im Internet, verbringt. Dadurch leidet ihre Liebesbeziehung – im Moment sind sie nur noch eine Zweckgemeinschaft. Eine Zweckgemeinschaft zweier Menschen, die miteinander wohnen – der einstige Zauber ihrer Beziehung ist verflogen wie Staub im Wind.

Beatrix hat allmählich die Nase voll.

„Ihm werde ich's zeigen!", hat sie sich geschworen und stöbert seither im Anzeigenteil aller möglichen Zeitungen. Die Anzeige, die sie heute in der Mittagspause las, amüsierte sie bisher am meisten:

„Vollschlankes Geodreieck sucht Futur I fürs Leben." Eine Anzeige, die jedermann zum Lächeln – aber auch gleichzeitig zum Antworten reizt.

Wer verbirgt sich dahinter? Beatrix wird es hoffentlich herausfinden, denn gleich nach der Mittagspause hämmerte sie einen netten Brief in den Computer an ihrem Arbeitsplatz. Einen Brief an „Mr. Nobody" oder das „Geodreieck", den sie auch gleich abschickte.

Jetzt bleibt abzuwarten, ob sich eine Reaktion zeigt.

Im Moment allerdings ärgert sie sich wieder über Fabians Chaos – warum kann aus diesem Mann nie eine ordnungsliebende Person werden?

In der Küche stolpert sie beinahe über den „Gelben Sack" und flucht laut. Der „Gelbe Sack" soll helfen, die Umwelt zu schonen – ihn bestückt man mit leeren gewaschenen Joghurtbechern, Metalldosen oder anderen recyclingfähigen Stoffen –

außer Papier. Eine gute Erfindung, allerdings sehr unpraktisch, wenn man Ordnung halten will.

Beatrix seufzt. Nein, für den „Gelben Sack" kann Fabian nichts, aber trotzdem muss sie ihn umerziehen, wenn ihre Beziehung nicht im Chaos enden soll.

Heute Abend könnte sie wieder stundenlang aufräumen – vorwiegend Fabians sorglos verstreute Sachen. Aber sie hat keine Lust dazu. Schon lange fehlt ihr ein richtiger Orgasmus, weil Fabian keine Zeit mehr hat. Wichtig scheint für ihn nur, dass er schnell befriedigt wird. Dass sie dabei zu kurz kommt, berührt ihn kaum.

Beatrix streicht sich ein Vollkornbrot mit Butter und legt eine Scheibe Emmentaler darauf. Ordentlich platziert sie dieses Abendessen auf einem weißen Porzellanteller und stolziert da-mit ins Wohnzimmer. Fabian hängt immer noch wie gebannt vor dem Computerbildschirm und surft auf der Homepage des Europäischen Parlaments.

„Interessant, was in Straßburg angeboten wird. Und das alles kann man über das Internet abrufen! Schon toll!"

„Fabian?" Beatrix geht gar nicht auf Fabians Bemerkung ein, sie weiß selbst, welche Möglichkeiten das Internet bietet. Aber dass es ihr ihren Freund raubt, geht zu weit.

„Hast du vielleicht mal wieder Zeit für mich?" Ihre Stimme klingt zuerst leise, wird dann aber lauter, als Fabian nicht sofort reagiert.

„Was sagst du da?" Fabian schüttelt ungläubig den Kopf. „Ich habe doch immer Zeit für dich!"

„Du lügst! Seitdem du an das Internet angeschlossen bist, hast du für nichts mehr Zeit! Selbst unser Liebesleben ist zum Stress, zur Routine geworden!"

„Wirklich?" Seine Augen blicken auf einmal zweifelnd. Er steht auf und kommt auf sie zu. Dann schließt er sie in seine Arme.

„Habe ich dich wirklich so sehr vernachlässigt, Liebling?" Er scheint es ehrlich zu meinen, drückt sie fest an sich, und wieder spürt sie seinen warmen, sehnigen Körper. Dann presst er seine Lippen auf ihre – ein Kuss, wie sie ihn lange schon nicht mehr verspürt hat.

„Ach, Fabian!", seufzt sie. „So hast du mich schon lange nicht mehr geküsst!"

„Da habe ich wohl viel nachzuholen! Wirklich – es tut mir leid, Schatz!" Er erstickt ihre eventuellen Einwände mit einem neuen zärtlichen Kuss.

Seine Zunge gleitet sanft in ihren Mund – er schmeckt Vollkornbrot und Käse und merkt, dass er heute Abend noch nichts gegessen hat. Sollte er allerdings jetzt diese Zärtlichkeits-Zeremonie mit Beatrix abrupt abbrechen, wäre die Wirkung verheerend. Also macht er einfach weiter.

„Du willst es heute – nicht wahr?", raunt er in ihre Ohren und steckt eine Hand in ihre Jeans.

Sie stöhnt:

„Ja – bitte. Ich will es jetzt – aber ausführlich!"

„Gut – aber lass mich erst einmal den Computer ausschalten!"

Sie nickt. Wenn das Ding aus ist, hat er mehr Zeit für sie, denn er wird nicht abgelenkt.

Und heute Abend wird sie belohnt, nach so vielen Wochen. Er küsst und saugt und beißt, bis sie unten nass ist und er in sie eindringen kann. Seine Bewegungen sind ausführlich, beinahe tänzerisch, und sie genießt jede Sekunde dieses hinreißenden Orgasmus.

Jetzt fühlt sie sich großartig, schließt ihn in ihre Arme und küsst ihn. So könnte sie ewig liegen bleiben. Und ihren Brief auf die Kontaktanzeige hat sie beinahe vergessen. Aber sie weiß, dass Fabians Zärtlichkeiten nur von kurzer Dauer sind.

Schon morgen wieder wird er vom Computer verzaubert werden und nicht von ihr. Schon morgen wieder wird sie sich jede Zärtlichkeit, jeden Kuss von ihm erkämpfen müssen. Der Computer stellt wirklich einen ernsthaften Konkurrenten dar.

Aber sie weiß, wie sie vorgehen wird. Sie muss ihn neidisch machen – vielleicht mit Hilfe des „Geodreiecks".

9. Kapitel

Als Orlando aufwacht, fühlt er sich wie gerädert. Die Kränkung sitzt ihm immer noch im Nacken – die Kränkung, mit seinem „Macker" sei es nicht so weit her. Warum muss Chiara, diese dumme Pute, ihn nur immer bloßstellen?

Orlando fühlt sich wie ein richtiger Mann, und er will auch ein richtiger Mann sein. Aber welcher Mann verkraftet schon, wenn sein Penis beleidigt wird?

Liebevoll streicht Orlando über seinen „Macker". Das Ding verdient etwas Erholung, scheint immer noch schwach und erschöpft. Orlando cremt den „Macker" mit Ringelblumensalbe ein – vielleicht hilft das. Ringelblumensalbe, ein altes Hausmittel, das ihm seine Oma stets gegen diverse Wehwehchen empfahl.

Orlando richtet sich zur Arbeit – wieder wirft er sich in einen Anzug – heute in einen braunen. Dazu passt die rote Krawatte mit grünem Blattmuster. Hoffentlich wird die Maschine funktionieren, die Koreaner wollen Leistung sehen und keine Pleiten.

Als er in die Firma kommt, erklärt ihm sein Chef überraschend:

„Herr Kromway, kümmern Sie sich heute um die Angebote für Osteuropa, damit wir diese per Fax endlich versenden können. Ich kümmere mich um die koreanischen Kunden."

„Wieso – habe ich etwas falsch gemacht? Dass die Maschine nicht ordnungsgemäß funktionierte, war doch nicht meine Schuld!" Orlando Augen blitzen – er kämpft um seine Ehre.

„Nein – Herr Kromway. Sie haben Ihre Sache gut gemacht. Allerdings erweisen sich die Koreaner als schwierige Verhandlungspartner, wie ich gestern beim Abendessen im Hotel ‚Rote Sonne' gemerkt habe. Sie werden langsam unverschämt, versuchen, am Preis zu feilschen wie auf einem arabischen Basar!" Die Worte des Chefs überschlagen sich fast.

„Dann habe ich also mit diesen Kunden nichts mehr zu tun?"

„Vorerst nicht, bevor wir uns nicht endgültig geeinigt haben. Sehen Sie, mit europäischen Kunden kann das nicht passieren, aber asiatische Firmen waren immer schon ein bisschen heikel."

„Gut – ich verstehe." Orlando freut sich fast schon über seine neu gewonnene Freiheit. Da hätte er heute zur Abwechslung auch Jeans und ein Hawaii-Hemd anziehen können.

Orlando erledigt gewissenhaft die Angebote für Osteuropa – er denkt, er hat eine faire, preisgünstige Möglichkeit gefunden, wie eine Firma in Polen Infusionslösungen in Plastikflaschen füllen kann. Außerdem bietet er einer Firma in der Tschechischen Republik eine Füll- und Verschließmaschine für Hustensaft an. Die Konkurrenz im Maschinenbau liefert sich harte Schlachten – jede Firma muss ständig mit neuen, preisgünstigen Technologien aufwarten.

Abends steht er an der Stadtbahnstation – und wieder taucht die unbekannte Schöne mit den schwarzen Augen neben ihm auf. Er erkennt sie gleich wieder. Heute steckt sie in einem atemberaubenden schwarzen Hosenanzug und wirft ihr Haar selbstbewusst zurück.

Abermals versucht er, ihre Aufmerksamkeit zu fesseln. Er streicht sich über die Haare, fummelt an seiner Krawatte, lächelt herzlich.

Aber die Dame schaut stur in die andere Richtung. Was dort interessanter sein soll als er – Orlando Kromway bekommt es nicht heraus.

„Na, wie geht es dir heute?", begrüßt Hubert vor dem Genschenfelde Orlando in Botnang.

„Wesentlich besser", meint Orlando erleichtert. „Stell' dir vor, die koreanischen Kunden übernahm heute mein Chef, und ich konnte mich wesentlich angenehmeren Arbeiten widmen."

„Toll für dich! Und – du wirst sehen, mit der Anzeige klappt es auch noch!" Hubert weiß immer ein gutes Wort, und Orlando schlendert frohgemut nach Hause.

Tja, wenn er eine Frau nachhaltig entzücken will, sollte er vielleicht endlich anfangen, seine Wohnung aufzuräumen.

10. Kapitel

Nie im Traum hätte Orlando daran gedacht, wie arbeitsaufwändig es ist, seine Wohnung in Ordnung zu bringen. Zuerst wäscht er das Geschirr der ganzen letzten Woche, trocknet es sofort ab und räumt es auf. Früher ließ er es immer herumstehen – dadurch wirkte die Küche wie nach einem Bombenangriff.

Das Wohnzimmer sieht auch nicht viel besser aus. Seufzend geht er seine Sammlung politischer Zeitschriften an. Blättert er darin, bleibt er nur in den Zeilen hängen, verstrickt sich in dem Geschriebenen und wirft die Zeitschriften am Schluss sowieso nicht raus. Sie stapeln sich auf den Fensterbrettern, räkeln sich unter seinem Bett, einige liegen achtlos auf dem Hängeschrank in der Küche.

Zähneknirschend schichtet Orlando Stapel auf Stapel aufeinander. Was tut man nicht alles für die potentielle „Richtige", die Frau des Lebens? Beherzt schultert er das viele Papier, aber die Zeitschriften drohen, laut auf den Teppichboden zu plumpsen.

Irgendwo kramt er eine Lederreisetasche hervor und stopft die Zeitschriften hinein. Das Gewicht lässt ihn beinahe zusammenbrechen. Das ganze Papier scheint eine Tonne zu wiegen. Nein, das kann er beim besten Willen nicht alles auf einmal zum Altpapiercontainer schleifen!

Also wird er zweimal gehen müssen. Schon verlässt ihn der Mut, aber er beißt die Zähne zusammen und schwört sich durchzuhalten. Wenn er jetzt nicht damit anfängt, seinen Ramsch loszuwerden, tut er es vielleicht nie.

Nicht nur sein „Macker" soll sich von seiner besten Seite präsentieren, sondern auch seine Wohnung.

Er kramt die Hälfte der Zeitschriften wieder aus der Tasche und macht sich auf den Weg zum Altpapiercontainer um die Ecke. Leider ist dieser fast verstopft, aber mit ein paar Stößen und Schüben schafft sich Orlando Platz. So, dass ein paar seiner alten Zeitschriften auch noch hineinpassen.

Den zweiten Stapel bringt er im Altpapiercontainer zwei Straßen weiter unter. Dort sind die Container fast leer.

Orlando hat durch die Lauferei fast eine Stunde Zeit verloren. Und er versäumte den ersten Teil eines wichtigen Sportmagazins im Fernsehen.

Zähneknirschend knipst Orlando seinen heißgeliebten Fernseher an. Nein, ärgern wird er sich nicht. Immerhin hat er einen hübschen Spaziergang unternommen.

Und er hat einen Anfang gemacht, aus der Hoffnungslosigkeit seines Single-Daseins zu entfliehen.

11. Kapitel

Angelika Silbersegel sitzt in ihrer todschicken, mit IKEA-Möbeln eingerichteten Zweizimmerwohnung in Stuttgart-Rohr. Kein Stäubchen verunstaltet die peinliche Ordnung – jeder Gegenstand liegt an seinem Platz. Dort, wo er hingehört.

Angelika sieht klasse aus – eine einwandfreie Figur, eine moderne Frisur und pfiffige Klamotten, die ihren Typ positiv unterstreichen. Trotzdem ist sie zurzeit mal wieder solo. Irgendwie schien sie in der Vergangenheit immer die falschen Männer anzulocken. Zuerst mochte man sich, traf sich zwei oder drei Male, nur um nachher festzustellen, dass man doch nicht zueinander passte.

Woran das wohl liegt? Angelika packt Verzweiflung, obwohl sie dafür keinen Grund hat. Sie besucht Single-Treffs, nahm an einem Single-Tanzkurs teil und an Gruppenreisen. Nichts führte zu einem dauerhaften Erfolg – nichts davon brachte ihr den richtigen Mann.

Sie seufzt, sitzt aufrecht im Schneidersitz und verzehrt genüsslich eine Orange. Ihr heutiges Abendessen. Mehr will sie ihrer makellosen Figur nicht zumuten.

Alles stimmt an ihr, auch der Job in der Maschinenfabrik macht ihr Spaß. Warum trifft sie nirgendwo den Mann fürs Leben?

Soll sie sich bei Single-Shows wie „Der Bachelor" bewerben?

Nein, meint sie entschieden. Auf diese Art von Heiratsmarkt bringen sie keine zehn Pferde. Sie ist zwar recht forsch, aber ob sie im Fernsehen nicht alles vermasseln würde vor lauter Lampenfieber?

Seit einigen Wochen besucht sie regelmäßig ein Fitness-Studio. Die Übungen halten sie fit, beeinflussen ihre „Problemzonen", obwohl sie doch gar keine hat. Bei jedem Besuch hält sie verstohlen Ausschau nach neuen männlichen Fitnessbegeisterten. Sie mustert die Kerle, die Gewichte und Hanteln stemmen, die auf den Sportfahrrädern keuchen und andere Apparaturen benutzen. Allerdings scheinen diese Männer außer Muskeln nichts vorweisen zu können – sie sind alle nicht Angelikas Typ.

Ist sie zu anspruchsvoll, oder liegt es an der heutigen Zeit? Angelika beneidet die Generation vor ihr – eine Generation, in der die Leute kaum Probleme hatten, eine Partnerin oder einen Partner zu finden.

Die Orange ist aufgegessen, Angelika entknotet langsam ihre Beine und steht auf. Anmutig schreitet sie zum Wasserhahn im Badezimmer, um ihre Hände zu reinigen.

Heute Abend hat sie Lust auf ein schönes Buch – auf einen richtig literarischen Leckerbissen. „Schnee, der auf Zedern fällt" von David Guterson hat sie sich auf dem Wohnzimmertisch ordentlich zurechtgelegt. Das Buch sieht verlockend aus – wie ein Festmahl, das verspeist werden will.

Angelikas Augen jedoch fühlen sich durch die achtlos hingeworfene „Stuttgarter Zeitung" gestört. Eine Zeitung auf dem bequemen beigefarbenen Sessel trübt Angelikas Ordnungssinn. Sie nimmt die Zeitung und blättert darin. Soll sie das Werk in ihren Altpapierkarton werfen? Eigentlich hat sie alles gelesen, was sie interessiert – Politik und Lokales. Der Sportteil dagegen erscheint ihr langweilig. Dann jedoch heften sich ihre Augen, wie magisch angezogen, auf den Kontaktanzeigenteil. Vielleicht sollte auch sie einmal diese Möglichkeit ausprobieren?

Sie überfliegt die Anzeigen und wird auf einmal von Lachen geschüttelt:

„'Vollschlankes Geodreieck sucht Futur I fürs Leben' – wer schreibt denn so etwas?", kichert sie atemlos. Diese Anzeige reizt sie – wer sich wohl dahinter verbirgt? Offensichtlich ein überaus gebildeter Mann – denn das „Futur I" kennt leider nicht jeder, obwohl jeder deutsch Sprechende es verwendet!

Angelika zaubert Papier und Füllfederhalter aus einer Schublade und beginnt, jenem Unbekannten ein paar Zeilen zu schreiben. Leicht fliegt die Feder übers Papier.

Ihr Buch wird eben noch zehn Minuten warten müssen.

12. Kapitel

Orlando fühlt sich erleichtert. Sein Chef hat die Koreaner unter Kontrolle. Immer wenn er – Orlando – verstohlen in die Montagehalle schaut, sieht er seinen Chef und die Koreaner artig die Maschine umkreisen. Wie eine Mutterente mit ihren Jungen im Schlepptau. Einmal krabbeln alle fünf sogar fast in die Maschine – die Koreaner erhalten wirklich eine tolle Einarbeitung.

Orlando könnte froh sein, wenn seine Kollegin Angelika nicht immer sticheln würde. Irgendwie hat sie spitzgekriegt, dass Orlando der Verantwortung um die Koreaner enthoben wurde.

„Deine Präsentation hat wohl nicht geklappt, was?" Er riecht ihr aufreizendes Parfüm – diesmal VANDERBILT. Angelika Silbersegel steckt heute in einem knallengen Overall, der ihre Kurven sehr betont. Positiv betont.

„Das ist doch gar nicht wahr! Welches Gerücht hast du wieder aufgegabelt?" Verärgert blickt er von seinem Papierstapel hoch. In einer 30-seitigen E-Mail hat ein Kunde seine Wünsche für eine gut funktionierende Maschinenlinie beschrieben. Zehn verschiedene Parfümflaschen sollen darauf gefüllt und verschlossen werden. Orlando sieht es als Herausforderung, das Angebot ausarbeiten zu dürfen. Und jetzt kommt diese zickige Angelika und stört ihn!

„Du denkst wohl, ich bin blind?" Ihre Augen funkeln. Ihre schönen, wohlgeformten Brüste hängen beinahe über seinem Schreibtisch, als sie die Hände aufstützt.

Orlando verspürt in diesem Moment große Lust, Angelika in die Brustwarzen zu beißen und ihr mit seinem Finger einen erstklassigen Orgasmus zu verpassen. Nur, damit sie einmal sieht, was in ihm steckt, und nicht dauernd sticheln.

„Du kannst mich wohl nicht leiden, was?", bricht es aus ihm hervor. „Warum tauchst du dauernd auf und mäkelst an mir herum? Mach doch deinen Job und störe mich nicht!"

Sie wird rot und schaut perplex aus. Nein – mit dieser Reaktion hatte sie am allerwenigsten gerechnet. Sie liebt es, ihre Opfer mit Sticheleien zu ärgern. Opfer, die schwächer zu sein scheinen als sie selbst, weil sie irgendeinen Makel besitzen. In Orlandos Fall ist dieser Makel eindeutig seine etwas unförmige Figur.

„Ich weiß es nicht", antwortet sie kurz und schluckt. Verdammt – er hat sie aus dem Konzept gebracht! Abrupt dreht sie sich um und stürzt davon.

Orlando sieht ihr etwas entgeistert nach. Frauen! Und er merkt, dass Angelika zum ersten Mal irritiert ist. Er – Orlando – hat dies fertiggebracht.

13. Kapitel

Beatrix Pfifferling erscheint lächelnd an ihrem Arbeitsplatz als Lektorin im Verlag EIMER & PARTNER. Die Welt ist seit langer Zeit wieder in Ordnung nach dem großartigen Orgasmus am gestrigen Abend. Fabian schläft noch – als Inhaber einer Software-Firma kann er es sich ohnehin aussuchen, wann er zu arbeiten beginnt.

Sie schnauft, als sie den Manuskriptstapel auf ihrem Tisch sieht. Seitdem immer mehr Menschen einen Computer ihr Eigen nennen, flattern immer mehr Manuskripte ins Haus.

Beatrix weiß, was sie zu tun hat, und sie seufzt. Die Manuskripte unbekannter, neuer deutscher Autoren darf sie gar nicht lesen. Sie wird diesen sorgsam verfassten Schriftstücken einen Formbrief beilegen, von dem sie hundertfünfzig Kopien auf ihrem Schreibtisch liegen hat.

Ihr tun diese verschmähten Autoren leid. Sie werden nur abgelehnt, weil sie aus Deutschland stammen und keinen „großen Namen" haben. Für ausländische Autoren und Prominente hat man dagegen im Verlag ein offenes Ohr. Hier versuchen sogar die Verlage, sich gegenseitig das beste Material wegzuschnappen.

Beatrix hat selbst ein Buch geschrieben – eine Liebesgeschichte zwischen einer Deutschen und einem Italiener. Literarisch wesentlich besser als 70 Prozent des ausländischen Materials, das der Verlag veröffentlicht.

„Sie wissen doch, dass Sie die meisten Manuskripte ablehnen müssen – außer, sie stammen von bekannten Leuten aus Funk und Fernsehen oder Politikern!", herrschte sie ihr Chef, Dr. Bogner, an, als sie ihm ihr Manuskript vorlegte.

„Aber es ist *mein* Manuskript, Herr Doktor! Ich kann nach jahrelanger Lektorentätigkeit sehr gut beurteilen, was die Leute gerne lesen! Sie werden es nicht bereuen, mein Buch zu veröffentlichen!"

Ihr Chef schaute sie durch die dicken Brillengläser beinahe drohend an.

„Sie wissen ganz genau, Fräulein Pfifferling, dass es sich unser Verlag nicht *leisten* kann, die Arbeiten deutscher unbekannter Schriftsteller zu veröffentlichen. Auch Ihre Arbeit nicht. Wir sind ein profitorientiertes Unternehmen und haben am wenigsten Risiko, wenn wir auf Bucherfolge zurückgreifen, die sich bereits im Ausland bewährt haben!"

„Ich denke, Sie machen einen großen Fehler." Ihre Stimme klang bestimmt. „Wie erklären Sie sich dann den Erfolg von Büchern von Sebastian Fitzek, Tanja Kinkel, Nele Neuhaus oder Frank Schätzing?"

„Zufallstreffer!" Er machte eine wegwerfende Handbewegung. „Zu riskant für uns!"

Seit diesem Tag arbeitet sie wie ein Roboter. Sie vertieft sich in die Arbeiten ausländischer Autoren und fügt den Arbeiten hochbegabter Deutscher folgendes Absageschreiben bei:

„Bitte entschuldigen Sie diesen unpersönlichen Brief, aber die Fülle der bei uns eingereichten Manuskripte macht eine individuelle Stellungnahme leider unmöglich.

Für das uns zur Prüfung eingereichte Material danken wir ganz herzlich. Leider sehen wir keine Möglichkeit der Aufnahme in unser derzeitiges Verlagsprogramm. Mit den uns zur Verfügung gestellten Unterlagen schicken wir Ihnen zu unserer Entlastung auch Ihren Brief zurück.

Wir danken nochmals für Ihr Interesse an einer Zusammenarbeit mit unserem Hause und wünschen Ihnen viel Erfolg bei Ihrer weiteren Suche nach einem geeigneten Verlagspartner."

Die Unterschrift setzt Beatrix noch selbst unter die zahlreichen Formbriefe, um schließlich diese Manuskripte von Lehrlingen verpacken und adressieren zu lassen.

Manchmal ertappt sie sich bei dem Wunsch, eines dieser deutschen Manuskripte mit nach Hause zu nehmen, um es dort zu lesen. Im Büro hat sie keine Zeit dazu – da muss sie sich durch einen Riesenstapel ausländisches Material wühlen. Aber sie weiß, dass es nicht gerne gesehen wird, wenn sie Manuskripte mit nach Hause nimmt.

Ihr eigenes Manuskript schmort im Moment beim Verlag KLIPPE & HAIFISCH – nach bereits sieben Absagen von anderen Verlagen.

14. Kapitel

Heute an diesem Freitag ist Orlando besonders aufgeregt. Gleich nach dieser Nachhilfestunde wird er seinen Briefkasten leeren. Vielleicht sind ja einige Zuschriften auf seine Kontaktanzeige eingegangen. Immerhin ist es schon eine Woche her, dass seine Anzeige erschien.

Er erklärt drei Schülern der zehnten Klasse eines Gymnasiums die Kurvendiskussion in der Mathematik. Kein leichtes Thema, findet Orlando. Da geht es um „Monotonie und Beschränktheit von Kurven". Viele Menschen, die kein Gymnasium besucht haben, können mit diesem Thema nichts anfangen. Und Schüler, die sich damit befassen müssen, verstehen das Thema meistens nicht sofort. Oft haben sie eine Lehrkraft, die nicht gut erklären kann – und deswegen kommen sie in die Nachhilfe.

Orlando versucht sein Bestes. Er zeichnet auf kariertem Papier mit einem gespitzten Bleistift alle möglichen Arten von Kurven auf und erklärt jedem der drei Schüler nacheinander, worauf sie achten müssen.

Da er drei Schüler in einem Kurs hat, dauert diese Nachhilfestunde nicht nur 45 Minuten, sondern 90 Minuten. Orlando ist ziemlich geschafft deswegen – denn er hat schon früh in der Maschinenfabrik Schluss gemacht, um ja pünktlich am Nachhilfeinstitut zu sein.

Die Nachhilfeinstitute von DAS GEODREIECK liegen zwar verkehrsgünstig in der Nähe von S-Bahn- oder Stadtbahn- oder Busstationen. Dennoch braucht man in Stuttgart viel Zeit, um von einem Ort zum anderen zu kommen. Stuttgart ist eine Großstadt, eine der zehn größten Städte in Deutschland.

Orlando findet einen großen Umschlag in seinem Briefkasten, als er endlich in seine Wohnung kommt.

Mit zittrigen Fingern öffnet er den Umschlag, während im Fernsehen einige Fußballspieler über einen saftig-grünen Rasen dem runden Leder hinterher sprinten. Doch Orlando ist heute gebannt von den Zuschriften, die er bekommen hat.

Vier Briefe purzeln heraus – einer davon ist ziemlich dick. Diesen wird er sich zum Schluss aufheben, denkt Orlando. Sozusagen als kleinen Appetithappen.

Der erste Brief reizt ihn zum Lachen:

„Können Sie zu dem Geodreieck ein passendes Mathematikbuch anbieten? Ich zahle auch bar!"

Entweder schrieb hier ein Scherzkeks oder jemand, der die Anzeige mit der eines Großbuchhandels verwechselt hat. Auf jeden Fall scheidet diese Zuschrift aus.

„Ich werde dieser Dame wohl ein paar Schulbuchkataloge zukommen lassen!", beschließt Orlando großzügig, während der Schiedsrichter im Fernsehen zur ersten Halbzeit pfeift.

Orlando überhört das Pfeifen, die Werbung in der Halbzeit tröpfelt an ihm vorbei. Während er sein erstes „PAMPF", eine Karamellköstlichkeit, nicht vergessen sollte oder ermahnt wird, „Kess-Toilettenpapier" zu verwenden, hat er sich bereits in den zweiten Brief vertieft.

„Hallo – ich heiße Beatrix und möchte gerne wissen, was du – unbekanntes, anschmiegsames Geodreieck – zu bieten hast. Ich bin 32 Jahre alt, arbeite in einem Verlag und hätte große Lust, dich persönlich kennen zu lernen.

Wenn auch du Appetit auf ein Treffen bekommen hast, so melde dich bei mir. Meine Telefonnummer ist: ...

Viele Grüße – Beatrix."

Na, das klingt doch ganz positiv. Und 32 Jahre ist kein abwegiges Alter. Auf jeden Fall ist Beatrix eine Frau, die Orlando gerne kennen lernen möchte.

Der dritte Brief enthält viele Seiten, die mit einer wahnsinnig großen Schrift bedeckt sind. Diese Dame hat wohl ein spezielles Geltungsbedürfnis?

Ihr Brief jedoch liest sich hochinteressant:

„Hallo, Geodreieck!

Ich finde es toll, dass du so zu deiner Intelligenz und zu deiner Figur stehst. Und ich denke, dass du auch ein Pfundskerl bist. Ich würde dich sehr gerne kennen lernen.

Mein Name ist Rosi, und ich bin Grundschullehrerin für Deutsch und Sachkunde. Mit meinen Schülern behandle ich auch die heimische Pflanzenwelt, von der ich dir einige Bilder beigelegt habe..."

Orlando blättert die Seiten des Briefes durch und findet zum Schluss tatsächlich Kalenderbilder des Maiglöckchens, der Schlüsselblume und des Wiesenschaumkrauts. Aha – Rosi weckt in den Schülern schon früh das Interesse an der Natur. Sehr lobenswert.

„Vielleicht können auch wir beide eines Tages durch die Botanik kriechen, den wunderbaren Duft von frisch gemähtem Gras einatmen und die Nadelbäume miteinander studieren?"

Orlando hält inne. Nadelbäume? Ihm wäre die Heide lieber – Nadelbäume stechen immer, wenn sich zwei, die sich mögen, zum Küssen aneinander schmiegen.

Die Heide bietet wenigstens einen weichen Hintergrund, verborgen vor den Blicken Neugieriger. Auf einer Heide jedenfalls stellt sich Orlando Liebe toll vor. Er wird diesen Vorschlag jener Rosi unterbreiten, wenn sich zwischen ihnen tatsächlich eine tiefere Beziehung entwickeln sollte.

Rosi schreibt noch viel über ihren Schulalltag. Dinge, die Orlando weniger interessieren. Sie scheint mit ihrem Beruf wohl ziemlich verwachsen.

„Ich hoffe, dass ich dich auf mich neugierig gemacht habe. Wenn ja, dann rufe doch einfach an. Rosi – Telefonnummer: ...“

Auch der vierte Brief verdient Beachtung.

„Hallo – ich bin Miriam und arbeite in der Verwaltung einer Kirche. Ich hoffe doch, dass dich Religion oder Kirche nicht abschrecken. Ich bin eine sehr lebenslustige Frau, immer spaßig und zu Scherzen aufgelegt. Wenn du willst, können wir uns gerne mal treffen – dann erzähle ich dir mehr über mich und über meinen Job, wenn du willst. Meine Telefonnummer ist: ...“

Clever, diese Damen, findet Orlando. Sie geben nur ihre Telefonnummern und ihre Vornamen an, um sich schnell zurückziehen zu können, wenn sie Gefahr wittern.

Zufrieden schiebt Orlando alle vier Briefe in den großen braunen Umschlag und stopft diesen in das Geheimfach seiner Aktentasche. Gleich morgen nach der Arbeit wird er Hubert die Briefe zeigen.

Er freut sich jetzt schon auf das Treffen mit seinem neuen Freund.

15. Kapitel

Klasse – du hast bereits vier Zuschriften bekommen?“ Hubert vor dem Genschenfelde ist begeistert und nippt angeregt an seinem Pappbecher mit der neuesten Kaffeemischung.

„Vier Briefe – das nennst du viel? Ich hatte, ehrlich gesagt, mit mehr Reaktionen gerechnet.“ Orlando zeigt sich ein bisschen enttäuscht. „Außerdem scheidet eine Zuschrift aus – diese Person dachte wohl, ich verkaufe Schulbücher.“

„Du darfst eines nicht vergessen: viele Leute getrauen sich nicht, auf eine Kontaktanzeige zu antworten.“ Hubert nimmt einen tiefen genüsslichen Schluck von seinem Kaffee. „Und wenn sich die restlichen drei Damen, die dir geschrieben haben, als Volltreffer entpuppen sollten, so wirst du in den nächsten Wochen ganz schön beschäftigt sein."

„Meinst du wirklich?" Orlando zweifelt noch immer und reicht seinem Freund den großen braunen Umschlag.

Schweigen breitet sich in dem kleinen Park aus, in dem Hubert und Orlando auf einer Bank sitzen. Hubert liest interessiert jedes Wort, verzieht sein Gesicht zu einem Grinsen, um dann wieder im nächsten Moment sehr ernst dreinzublicken.

„Mit Rosi und Beatrix würde ich auf jeden Fall einen Termin vereinbaren", meint er schließlich. „Der Dame, die ein Mathematikbuch kaufen will, könntest du schreiben, du hättest nur einen Prospekt über Schulbücher und einen Link zu einem Nachhilfeinstitut anzubieten. Mal sehen, wie und ob sie dann reagiert."

„Das geht zu weit!" Orlando winkt ab. „Diese Anspielung wäre ja mehr als direkt. Nachher habe ich noch einen weiteren Feierabend für Nachhilfe verplant. Dabei wollte ich nach der Arbeit lediglich an zwei bis drei Tagen eine bis zwei Stunden Nachhilfe geben – und nicht mehr!"

„Okay – es ist deine Zuschrift. Du musst wissen, wie du antwortest. Vielleicht erwartet diese Dame auch keine Reaktion und wollte sich nur einen Scherz erlauben!"

Hubert atmet tief durch und nimmt die weiteren Briefe zur Hand.

„Beatrix schätze ich als unproblematische, frische Person ein. Rosi scheint ein bisschen umständlich zu sein – wahrscheinlich sucht sie eher einen Naturliebhaber und Wanderfreund. Aber darüber wirst du dich mit ihr persönlich unterhalten. Und – was Miriam anbelangt, habe ich noch keine Meinung. Religion und Kirche sind nicht so ‚mein Ding'. Ich denke, du musst Miriam einfach mal treffen – dann siehst du weiter!"

Orlando nickt zufrieden. Er teilt Huberts Meinung. Wie nützlich doch Männergespräche sind!

16. Kapitel

Noch am gleichen Abend erreicht Orlando Rosi und Beatrix am Telefon. Beide haben sympathische Stimmen und freuen sich offensichtlich sehr über den Anruf. Mit Rosi vereinbart Orlando am Freitag, also übermorgen, ein Treffen, mit Beatrix erst am Montag. Beide will er in Stuttgarts Innenstadt kennen lernen – jedoch in verschiedenen Cafés. Er will nicht, dass ihn das Personal ein- und desselben Cafés zweimal kurz hintereinander mit einer anderen Begleiterin sieht.

Miriam konnte er noch nicht erreichen. Aber er wird es weiterhin versuchen. Vielleicht besitzen die Damen ja ein Smartphone und sind bei einem bekannten Anbieter für Chats. Dann könnte man leicht mit ihnen in Kontakt bleiben. Er wird sie fragen, wenn er sie sieht.

Orlando atmet tief durch und beschließt, zur Feier des Tages weiter aufzuräumen und sich von unnötigen Dingen endgültig zu trennen. Zum Beispiel von den Briefen ehemaliger Freundinnen.

„Liebster!" So schrieb ihm einst Gerlinde, mit der er über ein Jahr zusammen war. „Deine Augen strahlen wie Rubine – ich sehne mich nach dir und deinem Körper..." Diese Worte rinnen runter wie Öl, welche Komplimente! Gerlinde zeigte sich lyrisch begabt, aber dieses Kapitel seines Lebens ist endgültig abgeschlossen. Gerlinde ist schon lange glücklich verheiratet und wurde erst kürzlich Mutter ihres dritten Kindes.

Oder Elke, die ihn so berühren konnte, dass er erschauerte. Ihre Briefe klangen belangloser – das, was sie geben konnte, war viel bedeutungsvoller und nicht in Worte zu fassen.

Orlandos Finger wühlen durch den Karton mit vielen alten Briefen. Warum soll er diese noch aufheben – egal, ob sie literarisch wertvoll waren oder nicht.

Aufatmend stellt er die Kiste neben die Wohnungstür. Sein Freund Peter ist freiberuflich tätig und besitzt einen Reißwolf.

Er wird ihn fragen, ob er diese Briefe nicht eines Abends hindurch jagen darf.

Auf einmal scheint es Orlando sehr wichtig, dass seine Wohnung tipp topp in Ordnung ist. Denn vielleicht wird er einmal Rosi oder Beatrix oder beide einladen. Wer weiß?

17. Kapitel

Rosi sitzt in dem Café „Christels Pavillon" in der Nähe der Universität. Nervös spielen ihre Finger mit den Zuckerpäckchen, die neben ihrer Tasse liegen.

Sie wartet auf Orlando. Oder das „Geodreieck". Und sie ist aufgeregt, mahnt sich aber innerlich zur Ruhe. Wo ist ihre Forschheit geblieben, mit der sie ihre Schüler in Schach hält?

Sie beobachtet die Leute im Café. Nur selten sitzen Leute alleine am Tisch. Studenten haben sich um einige Tische geschart, ihr munteres Plappern erfüllt den Raum. Pärchen trinken Kaffee und probieren Köstlichkeiten vom Küchenbüffet.

Rosi sieht unruhig auf die Uhr. Gleich ist es 17 Uhr, die Zeit, die sie mit Orlando vereinbart hatte. Sie wühlt in ihrer Schultertasche und holt die Zeitschrift „Focus" hervor. Diese Zeitschrift dient als Erkennungsmerkmal, und Rosi platziert sie rechts neben der Kaffeetasse.

Sie nimmt einen Schluck des köstlichen, starken Getränks und leckt sich die Lippen. Die Tür des Cafés öffnet sich wieder, ein etwas korpulenter Herr im beigefarbenen Anzug schreitet herein.

Das „Geodreieck"? Könnte sein, denn der Herr versucht, unauffällig jeden Tisch, an dem er vorbeikommt, mit seinen Blicken zu streifen.

Schließlich erspäht er die wohlweislich hingelegte Zeitschrift „Focus". Sein Blick erhellt sich:

„Darf ich mich setzen?"

Rosi nickt und mustert ihn möglichst unauffällig. Schlecht sieht er nicht aus – nur einen Bauch hat er. Aber den kann er sich wegtrainieren. Nichts ist unmöglich.

„Sie sind der Herr aus der Kontaktanzeige, nicht wahr?" Rosis Mund verzieht sich zu einem leichten Lächeln. „Vollschlankes Geodreieck" will sie nicht sagen – das klänge albern. Vielleicht schon fast wie eine Beleidigung, obwohl er den Ausdruck selbst gebraucht hat.

„Ja, der bin ich. Ich heiße Orlando, und Sie sind Rosi – nicht wahr?"

Rosi nickt. Sie beißt sich auf die Lippen.

„Der Kaffee schmeckt ausgezeichnet hier. Den sollten Sie sich auch bestellen."

Eine Verlegenheitsfloskel zum Anfang ihres Treffens. Aber was soll sie sagen? Irgendwie fehlen ihr die richtigen Worte, um ein Gespräch in Gang zu bringen.

Eine Kellnerin naht, und Orlando bestellt sich eine Tasse Kaffee. Dann räuspert er sich.

„Was machen Sie beruflich?"

Er weiß zwar, dass sie Lehrerin ist. Sie hat es ihm doch ausführlich geschrieben. Aber der Beruf ist sicherlich ein gutes Thema, um sich zu beschnuppern.

Sie greift diesen sinnbildlichen Angelhaken auf, den er ihr zuwirft. Denn über nichts redet sie lieber als über ihren Beruf.

„Ich bin Lehrerin, wie Sie ja schon wissen. Mein Beruf macht mir Riesenspaß. Ich unterrichte zurzeit vorwiegend die Schüler der ersten Klasse." Ihre Augen leuchten, ihre Gedanken scheinen sich auf Reisen zu machen. Auf Reisen zu ihren Schülern.

„Sehr interessant", pflichtet er ihr bei.

Sie fühlt sich ermutigt und erzählt weiter. Die Worte kommen schneller, sprudeln beinahe schon heraus:

„Meine Kollegen und auch der Schulrat finden, dass ich eine sehr gute Methode entwickelt habe, Schülern das Alphabet beizubringen. Ich sammle Pappdeckel, male den Buchstaben darauf, den ich vermitteln will, und schneide ihn aus. Dann halte ich diesen Pappbuchstaben in die Höhe und erkläre, den Blick auf meine Schüler gerichtet:

‚Das ist ein ‚U‘, Kinder. Sprecht mir laut nach: ‚Uuuuuuh‘.“

„Aha.“ Orlando weiß nicht so recht, welchen Kommentar er abgeben soll. Über die Unterrichtsmethoden für Grundschüler hat er sich lange keine Gedanken mehr gemacht. Die Kellnerin serviert unterdessen seinen Kaffee, und er nimmt einen tiefen, genüsslichen Schluck.

Rosi schweigt, und Orlando ist irritiert. Sie wartet auf eine längere Meinungsäußerung über ihre Unterrichtsmethode. Ausführlicher als das Aha, das er soeben von sich gegeben hat.

„Wissen Sie“, meint er schließlich, „ich kann über diese Art der Wissensvermittlung nicht viel sagen. Denn ich verkaufe Maschinen.“

„Maschinen?“ Sie schaut schon beinahe blöd drein. So, als habe er Ufos gesagt.

„Ja – Maschinen“, bestätigt er mit einem ungeduldigen Unterton. „Ist es denn so ungewöhnlich, wenn jemand Maschinen verkauft?“

„Nein!“ Sie schüttelt den Kopf, und er ist genauso schlau wie vorher. Das Gespräch zieht sich hin wie klebriger Gummi. Er jedenfalls hatte sich ein solches Kontaktgespräch lebhafter vorgestellt.

Er mustert sie. Schlecht sieht sie nicht aus. Etwas pummelig, aber sie kaschiert ihre Figur mit der richtigen Kleidung. Kleidung, die sie aufregend erscheinen lässt. Die kurzen Haare sind von blonden Strähnen durchzogen – wie Gras, das langsam ausgebleicht wird. Die Grundfarbe der Haare ist undefinierbar – wahrscheinlich beigegrau.

Ja, sie sieht nett aus. Er will unvoreingenommen an dieses Treffen herangehen. Aber trotzdem fehlt dem Treffen die Wärme. Irgendetwas stellt sich hartnäckig wie eine Barriere zwischen sie.

Er ahnt nicht, wie sie innerlich kämpft und zittert. Am liebsten möchte sie das Café verlassen, fort von diesem fremden Mann, der nichts von Unterrichtsmethoden versteht. Obwohl jedem Idioten einleuchten müsste, was für eine grandiose Lehrerin sie ist.

Dabei weiß sie nicht, dass er an manchen Tagen nach Arbeitsende noch Nachhilfe in Mathematik und Physik gibt.

Das Gespräch stockt, sie sehen aneinander vorbei, rühren irritiert in ihren Kaffeetassen.

Er getraut sich nicht, sie zu fragen, ob er aus seinem Berufsleben plaudern soll. Eigentlich will er gar nicht über die Arbeit reden, die Koreaner sind heute zufrieden abgereist, und einige Projekte in Osteuropa entwickeln sich gerade zu handfesten Aufträgen.

Eine Tatsache, die ihn zu Recht mit Stolz erfüllt.

Endlich kommt ihm ein außergewöhnlicher Einfall.

„Ich gebe ab und an nach Geschäftsschluss noch Nachhilfe in Mathematik und Physik", erzählt er stolz.

„Oh – Mathematik und Physik!", stöhnt sie. „Das waren die Problemfächer in meiner Schulzeit!"

„Und jetzt wollen Sie nicht darüber reden?"

„Wenn es sich vermeiden lässt, wäre ich sehr dankbar!" Sie schaut fast schon etwas verschämt drein.

Da kommt ihm der zweite außergewöhnliche Einfall während dieses Treffens.

„Haben Sie Hobbys?", fragt er sie.

„Oh ja!" Sie scheint wieder zum Leben erweckt. Wie von den Toten auferstanden. Lebhaft berichtet sie von ihren Streifzügen in Wald und Flur. Sie erzählt, wie sie Gräser und Blumen sammelt, alles sorgsam presst, auf weißes Papier klebt und beschriftet. Diese Blumenbilder helfen ihr, ihren Unterricht noch spannender zu gestalten.

Orlando sitzt ergeben auf seinem Stuhl und sagt keinen Ton. Er fühlt sich gnadenlos einer Alleinunterhalterin ausgesetzt. Einer Frau, die keinen klitzekleinen Zentimeter ihres Innenlebens öffnet. Einer Frau, für die der Beruf ein und alles zu sein scheint.

Wie erleichtert ist er, als sie mit einem Blick auf ihre Armbanduhr ausruft:

„Oh – schon 18 Uhr vorbei! Ich habe um 19 Uhr noch einen Termin und muss mich jetzt beeilen! Es war nett, Sie kennen zu lernen!"

Er weiß, dass dies nur eine Höflichkeitsfloskel ist. Eine Floskel, die man dahinsagt und nicht ernst meint. „Sehen wir uns wieder?", fragt er. „Unser Treffen war ziemlich kurz."

„Ja, ich denke schon!" Sie schenkt ihm ein zauberhaftes Lächeln. „Dann muss ich Ihnen unbedingt von meinen Wanderungen durch die Lüneburger Heide erzählen! Rufen Sie mich an, ja?"

Ihn interessieren ihre Wanderungen so wenig wie ein Ameisenhaufen in China. Und Lust, sie anzurufen, verspürt er auch nicht gerade. Trotzdem nickt er, denn aufgeben möchte er nicht sofort. Ein erstes Treffen birgt immer Risiken, man muss sich beschnuppern, sich aneinander herantasten.

Er sollte nicht so ungeduldig sein, denkt er. Vielleicht entpuppt sich Rosi doch noch als „Frau fürs Leben", die sich gerne an ein „Geodreieck" schmiegt.

Schnell zahlt er seine Tasse Kaffee und hastet aus dem Raum ins Freie.

18. Kapitel

Zu Hause wartet ein weiterer Umschlag auf ihn. Neue Reaktionen auf seine Kontaktanzeige.

Enttäuscht registriert er gerade zwei Zuschriften, eine davon kann er wieder vergessen:

„Hey, Geodreieck! Möchtest du nicht auf den Geschmack der Homosexualität kommen? Lasse die Frauen Frauen sein – sie bieten nur Enttäuschungen. Probiere es mit mir – ich bin stark, männlich und anschmiegsam. Zusammen bilden wir sicherlich ein Traum-Team und können wie zwei Raumschiffe durch alle Phasen der sexuellen Lust fliegen."

Nein, Orlando fühlt sich nicht wie ein Raumschiff, er möchte auch keines werden. Soll er auf den Brief des Homosexuellen antworten? Er weiß es nicht und legt den Brief erst einmal zur Seite.

Der zweite Brief klingt vielversprechend:

„Hallo – mich interessiert, welcher anschmiegsame Mann sich hinter dieser Kontaktanzeige verbirgt. Ich möchte dich gerne kennen lernen. Du wirst es nicht bereuen. Rufe mich einfach an. Gruß, A. – Telefonnummer: ...“

„A.“ – das ist schlau. Diese Dame will noch im Verborgenen bleiben, will nicht allzu viel von sich preisgeben. Ihr kurzer Brief spricht ihn an, und er wählt ihre Nummer. Es ist halb acht – die meisten Stuttgarter Nachtschwärmer sitzen noch vor dem Fernseher oder bereiten sich auf einen netten Abend in einer Kneipe oder sonst wo vor.

Aber Angelika Silbersegel weilt noch in ihrer Wohnung und nimmt ab:

„Ja?“

„Ja?“ – das klingt vorsichtig, stellt Orlando verwundert fest. Man schützt sich als Frau vor obszönen Anrufern, indem man einfach zuerst seinen Namen nicht verrät.

„Guten Abend – ich bin der Herr aus der Kontaktanzeige. Ihren Brief habe ich heute erhalten und möchte Sie gerne kennen lernen!“

Wie schnell ihm diese Sätze von der Zunge gleiten – wie Öl. Und das nach einem enttäuschenden Treffen mit Rosi. Aber irgendein Erfolgserlebnis braucht Orlando an diesem Abend noch!

Er hört einen erleichterten Seufzer am anderen Ende:

„Ach – Sie sind es! Wie schön, Sie zu hören! Tja – was halten Sie von einem Treffen am nächsten Mittwoch um sechs im Café ‚Hofmann' am Rotebühlplatz?“

„Ja – ich bin einverstanden!“ Orlando lächelt. Die Stimme am anderen Ende klingt sympathisch, erinnert ihn ein wenig an Angelika. Aber am Telefon klingen Stimmen immer anders – also kann er sich täuschen.

„Wie erkennen wir uns?", fährt er fort. „Ich schlage vor, Sie legen die neueste Ausgabe der Zeitschrift ‚Focus' rechts neben Ihre Kaffeetasse."

Ein guter Vorschlag – sie ist einverstanden.

„Also dann, tschüss, Fräulein A. – Äh, wie heißen Sie eigentlich?"

„Das sollte ich Sie fragen!", kommt die Retourkutsche vom anderen Ende der Leitung.

„Ich heiße Orlando – okay?" Er seufzt.

Orlando. So heißt auch ihr Arbeitskollege. Aber er wird wohl gerade nicht mit ihr sprechen. Auch wenn sein Vorname in Deutschland selten vorkommt. In den USA heißen garantiert 10 Prozent aller Männer mit Vornamen Orlando, sinniert sie.

„Angenehm. Ich – äh – heiße Anita!", sagt sie laut. Sie lügt, um sich noch einen Rückzieher offen zu lassen. Soll er doch denken, sie heiße Anita. Anita ist ebenfalls ein hübscher Name, der mit A beginnt.

„Fabelhaft, Anita! Also dann, tschüss, bis Mittwoch. Und noch einen schönen Abend!"

„Das wünsche ich Ihnen auch", meint sie freundlich und legt auf.

Dann macht sie sich auf den Weg ins Fitnesszentrum.

19. Kapitel

Dieser Montag verlangt Beatrix Pfifferling starke Nerven ab. Wieder gibt sie nach einer langen Besprechung Manuskripte aus dem Ausland zur Veröffentlichung frei und steckt die Arbeiten deutscher unbekannter Autoren ungelesen zum Zurücksenden in einen Ablagekasten auf ihrem Schreibtisch.

Darüber hinaus vertraut ihr ein Bekannter ein Geheimnis an. Die Schwester seiner Frau arbeitet im Verlag SCHLÜTER in Mönchengladbach. Dort, wohin Beatrix eine Kopie ihres wertvollen Manuskriptes vor vier Monaten eingesandt und seitdem nie wieder etwas gehört hat.

„Leider hat Antje bestätigt, was du vermutet hast. SCHLÜTER liest kein einziges Manuskript aus Deutschland, sondern jagt diese sofort durch den Reißwolf. Das Rückporto, das die Absender hoffnungsvoll beilegen, um ihre teuren Kopien zurückzuerhalten, landet in dunklen Kanälen.“

Sie lässt etliche Stapel unerledigter Auslandsmanuskripte auf ihrem Schreibtisch zurück, als sie zur Stadtbahn hetzt. Um 17 Uhr sperrt sie keuchend die Wohnungstüre auf. Noch zwei Stunden bis zu dem Treffen mit dem „Geodreieck“. Sie muss sich beeilen, will sich duschen, ein frisches T-Shirt anziehen...

Doch nichts von alledem kann sie verwirklichen. Hinter der Tür erwartet sie Fabian. Offensichtlich kommt er aus der Dusche – seine Haare ringeln sich nass um seinen Kopf, ein weißes Duschhandtuch ist leger um seine Taille geschlungen. Einige Wassertropfen glänzen wie verlorene Perlen auf seinem muskulösen Körper.

„Darling, lasse dich küssen!“ Liebevoll zieht er sie an sich und küsst sie. Selbst seine Zähne hat er geputzt – frischer Atem schlägt ihr entgegen wie eine Meeresbrise. Frischer Atem, vermischt mit etlichen Tropfen Rasierwasser. Er hat sich rasiert, sein Gesicht ist weich – fast wie ein Kinderpopo.

Ein Mann zum Liebhaben. Nur heute hat sie keine Zeit.

„Fabian, ich habe ein Treffen um 19 Uhr mit einer Schulfreundin in der Stadt. Die Zeit rennt mir davon. Ich will noch duschen...“

„Liebling!“ Seine Stimme klingt beruhigend, herrlich beruhigend. „Für eine kleine Zweisamkeit reicht deine Zeit allemal.“

„Fabian – bitte jetzt nicht. Ich versäume sonst die Stadtbahn und komme nicht pünktlich...“ Sie fühlt sich verschwitzt und unsauber und sehnt sich nach ein paar kühlenden, reinigenden Wasserstrahlen.

„Liebling – nicht doch. Warum bist du so aufgeregt?“ Er zieht sie fester an sich, fasst mit einer Hand unter ihr Shirt und massiert ihre Brüste. „Ich will dich jetzt, so, wie du bist. Ich will dir den Schweiß von deinen schönen Brüsten küssen, ich will..."

Was er will, geht unter im Strudel ihrer Gedanken. Verlockend dringen Fabians Worte an ihr Ohr, aber sie will doch pünktlich sein. Gleichzeitig schmilzt sie unter seinen Berührungen dahin und ärgert sich über sich selbst. Warum reagiert sie so sehr auf ihn, warum wird sie gleich schwach, wenn er nur ein bisschen mit ihren Brüsten spielt?

Er zieht sie zu ihrem Bett, immer noch gleichmäßig die Brüste massierend. Sanft legt er sie hin, ist sofort über ihr und zieht alle Register seines Könnens. Sein heißer Mund ist überall auf ihrer verschwitzten Haut, nachdem er ihren Oberkörper frei gemacht hat.

Sie kann sich ihm nicht entziehen und merkt, dass er ziemlich ausführlich vorgeht. So, als gäbe es keinen Computer, kein Internet und keine Termine. Und kein Treffen mit irgendjemandem um 19 Uhr. Warum hat er heute so viel Zeit – ausgerechnet dann, wenn sie einen Termin hat?

Er saugt an ihren Brüsten, während er mit einer Hand ihren Hosenknopf öffnet. Schnell befreit sie sich von ihrer Hose, um keine Zeit zu verlieren.

Und wieder ist er über ihr, mit aller Zeit der Welt.

„Ich habe eine Überraschung für dich, Liebling!", murmelt er und streichelt ihren Körper.

Sie erschauert. Er tut das, was sie täglich in jedem zweiten ausländischen Manuskript liest, aber selbst noch nicht erlebt hat. Er tut das, was ausländische Autoren schon tausend Male erlebt zu haben scheinen: Er verschafft ihr einen Orgasmus mit seiner Zunge.

Sie stöhnt – und sie merkt erstaunt, dass sie mehrmals kommt. Diese sexuellen Höhepunkte sind anders, als die, die sie bisher erlebte.

Seine Zunge gleitet ihre Oberschenkel, leckt ihren Schweiß von der Haut. Sein Penis ist fest und hart – er ist erregt und schnauft. Schnell stößt er sich in sie – wie einen Dolch.

Sie schreit, und er verschließt ihren Mund mit einem Kuss. Sie schreit, als sie kommt. Schon wieder. Sie explodiert innerlich, ihr Geist fliegt in Fetzen umher, als er sich endlich in sie ergießt.

20. Kapitel

B eatrix hetzt durch die Innenstadt – keuchend stürmt sie über den Schlossplatz.
„Was für ein toller Orgasmus!", denkt sie. Aber warum ausgerechnet heute? Heute, wenn sie einen anderen Mann treffen will. Einen Mann, mit dem sie Fabian eifersüchtig machen wollte – aber er scheint bereits Lunte gerochen zu haben.

Nur kurz konnte sie sich noch waschen – Spuren des gerade genossenen Liebesspiels haften noch an ihren Schenkeln und vermischen sich mit dem Schweiß, der über ihre Haut perlt.

Zehn Minuten nach 19 Uhr – Beatrix betritt atemlos das Café „Sonnenstrahl" und lässt sich auf einen Stuhl fallen. Verstohlen blickt sie sich um – wer von den Besuchern könnte jener magische Unbekannte, der sich selbst als „Geodreieck" bezeichnet, sein? Siedend heiß fällt ihr ein, dass sie die neueste Ausgabe des „Focus" vergessen hat. „Focus" – das Politmagazin, das sie rechts neben ihr Getränk platzieren wollte. Als Erkennungszeichen.

Auch das noch! Eigentlich kann sie gleich gehen. Ihr Gesicht ist knallrot von der Hektik und vor Ärger, und sie bestellt sich einen Orangensaft.

Wieder schweifen ihre Blicke durch das Café, mustern jeden Besucher. Sie sucht nach einem Besucher, der „gut beieinander" ist, also schon einen leichten oder mittelmäßigen Bierbauch hat. Solche Bäuche sind wohlweislich unter den Tischen versteckt, und so sieht man nicht, wer einen sogenannten „Bierbauch" sein eigen nennt und wer nicht. Korpulente Männer gibt es schon – aber mindestens vier oder fünf. Soll sie jeden von ihnen ansprechen und fragen, ob er auf eine Beatrix wartet?

Nein, beschließt sie, diese Blöße will sie sich nicht geben. Aber, was soll sie dann tun?

Lustlos nippt sie an ihrem Orangensaft und überlegt fieberhaft. Die Situation ist verfahren. Sie beschließt, ihren Orangensaft zu trinken und dann wieder nach Hause zu fahren. Fabian wird sich freuen!

Das „Geodreieck" wird sie anrufen und einen neuen Termin vereinbaren, nachdem sie sich höflich entschuldigt hat.

21. Kapitel

Orlando hat sich ein wenig verspätet. Fünf Minuten nur, aber immerhin. Er hasst Verspätungen – und jetzt begeht er selbst diesen Fehler. Unverzeihlich. Vielleicht ist Beatrix schon gegangen. Denn nirgendwo auf den Tischen prangt die Zeitschrift „Focus".

Aber vielleicht hat sie sich auch verspätet, wühlt sich noch durch Stuttgarts dichten Verkehr und sucht verzweifelt nach einer günstigen Parkmöglichkeit. Oder die Stadtbahn hatte Verspätung.

Er rührt in seiner Kaffeetasse, was ein Geräusch wie Glöckchen erzeugt. Sollte Beatrix ein Volltreffer sein, würde er Rosi endgültig absagen. Aber jetzt scheint es, als habe Beatrix in letzter Minute noch einen Rückzieher gemacht oder sonst etwas.

Er wartet und beobachtet die Eintretenden. Eine jugendlich aussehende schlanke Frau stürzt herein, atemlos, erschöpft. Schnell sieht sie sich nach einem freien Tisch um und setzt sich. Unruhig schweifen ihre Blicke über die Anwesenden. So, als würde sie jemanden suchen.

Ihr Gesicht wird knallrot, sie schüttelt den Kopf. So, als habe sie etwas vergessen oder versäumt. Vielleicht ist es Beatrix, die das Politmagazin „Focus" vergessen hat. Das kann doch mal passieren.

Fünf Minuten wartet er noch, beobachtet, wie das hübsche Mädchen ein Glas Orangensaft bekommt.

Wieder sieht sie im Raum umher – beinahe schon wie ein gehetztes Reh. Verzweiflung breitet sich auf ihrem Gesicht aus.

In diesem Moment steht er auf. In der Hand die neueste Ausgabe der Zeitschrift „Focus".

Langsam schlendert er an den Tischen entlang. Das sprudelnde Lachen einer Studentenclique hallt durch den Raum.

Orlando kommt an der blonden Dame vorbei, deren Hände sich krampfhaft um das Glas mit Orangensaft geschlungen haben.

Plötzlich reißt sie ihre Augen weit auf.

„'Focus'! Ich habe diese Zeitschrift daheim vergessen. Könnten Sie mir Ihr Exemplar ausleihen?"

„Nicht nötig!" Er lächelt sie an. „Darf ich mich vorstellen? Ich bin Orlando – aus der Kontaktanzeige."

„Gott sei Dank!" Sie atmet sichtlich auf. „Ich hatte mir schon solche Gedanken gemacht! Mein Tag war heute zu hektisch. Und in der Eile habe ich die Zeitschrift vergessen!"

„Aber wir haben uns doch getroffen! Ich habe Sie schon die ganze Zeit beobachtet, wusste allerdings zuerst nicht, wie ich Sie auf mich aufmerksam machen sollte!" Seine Hand packt die Lehne des freien Stuhls neben ihr.

„Er ist so richtig menschlich", denkt sie. „Genau wie ich!" Sie ist gerührt und meint laut:

„Wollen Sie sich nicht zu mir setzen? Ich bin froh, dass ich Sie doch noch getroffen habe."

„So geht es mir auch!" Er strahlt und holt seine Kaffeetasse. Dann setzt er sich neben sie.

„Haben Sie schon mit vielen Damen wegen Ihrer Anzeige Kontakt aufgenommen?", fragt sie.

Er räuspert sich:

„Das nicht gerade. Wissen Sie – viele Leute antworten nicht auf Kontaktanzeigen!"

Sie nickt.

„Es hat mich auch Überwindung gekostet! Aber ich dachte, wenn ich es nicht einfach mal probiere, habe ich nie Erfolg!"

„So geht es mir auch!" Orlando entspannt sich. Diese Beatrix gefällt ihm. Trotz ihres hektischen Arbeitstages scheint sie locker und gelöst. Und es ist überhaupt nicht schwer, sich mit ihr zu unterhalten.

„Es war wohl Ihre erste Kontaktanzeige, nicht wahr?" Sie nippt an ihrem Orangensaft. Die knallige Röte hat sich aus ihrem Gesicht verabschiedet, ihre Haut überzieht ein rosiger Teint.

„Ja!", antwortet er wahrheitsgemäß, denn er will Beatrix nicht anlügen. Sie scheint so offen und ehrlich zu sein, dazu sieht sie attraktiv aus. Warum ist eine solche Traumfrau noch nicht längst unter der Haube?

Er spricht diesen Gedanken nicht aus und meint:

„Bevor wir unsere Unterhaltung fortsetzen, sage ich Ihnen gleich, dass ich beruflich Maschinen verkaufe. Ich sage es Ihnen deshalb, damit Sie Bescheid wissen und ich heute Abend nichts mehr über meinen Beruf erzählen muss. Solche Gespräche sind entsetzlich langweilig!"

Sie lächelt zauberhaft.

„Genau das denke ich auch. Ich arbeite als Lektorin in einem Verlag. Welcher das ist, ist unwichtig. Ich bin dafür zuständig, einheimische Manuskripte abzulehnen und ausländische zu akzeptieren!"

„Wirklich?" Er ist erstaunt. „Das grenzt an Rassismus! Warum müssen Sie das tun?"

„Das erzähle ich Ihnen ein anderes Mal!" Sie trinkt den letzten Schluck Orangensaft. „Heute wollten wir doch nicht über das Berufsleben reden."

Er schüttelt den Kopf. Nicht nur hübsch ist sie, sondern auch schlagfertig.

Und er fühlt eine wachsende Vorfreude, sich auf das Abenteuer Beatrix einzulassen.

22. Kapitel

„Mit Beatrix könnte ich echt warm werden!" Orlando strahlt Hubert an, als sie auf einer Parkbank in Botnang Kaffee trinken. „Aber Rosi war eigentlich eine Enttäuschung. Eine richtige Lehrerin, die nur über ihren Beruf quatschte, sich aber privat keineswegs öffnen wollte."

„Vielleicht war das nur die Anfangsschüchternheit", beruhigt ihn Hubert und nimmt einen großen Schluck Kaffee aus seinem Pappbecher. „Ich würde Rosi an deiner Stelle noch nicht aufgeben, sondern sie nochmals treffen. Vielleicht entwickelt sich doch noch eine tiefere Beziehung zwischen euch."

Orlando genießt diesen Dienstagstreff nach Feierabend mit seinem neuen Freund. Er hat ihm die beiden Begegnungen geschildert und ist froh, dass er sich mitteilen kann. „Du hast recht – ich werde Rosi anrufen. Vielleicht können wir uns nächste Woche wieder treffen. Dann bricht vielleicht auch das Eis zwischen uns, und eine Frau kommt zum Vorschein, die ich noch gar nicht kenne."

„Ja – man hört oft die seltsamsten Dinge, welche Menschen doch noch zu glücklichen Paaren wurden." Hubert schaut sinnierend den Wolken nach, die über Botnang hinweg fliegen.

„Apropos – seltsame Verbindungen und glückliche Paare. Wie geht es eigentlich dir und deiner Frau?"

Hubert lächelt. „Das Übliche. Wenn Elvira nichts zu schimpfen hat, dann fehlt ihr etwas."

60

„Und das hältst du tagtäglich aus? Warum lässt du dich nicht scheiden? Ich meine, eine schlechte Ehe kann ganz schön das Leben vermiesen."

„Frage mich etwas Leichteres. Manchmal habe ich schon daran gedacht." Hubert seufzt. „Aber irgendwie schaffe ich es nicht."

„Habt ihr denn überhaupt noch Sex miteinander?" Orlando denkt, seinen Freund jetzt gut genug zu kennen, um ihm diese intime Frage stellen zu können. Teilt er mit ihm nicht ebenfalls Erlebnisse, die man ansonsten nicht jedermann erzählt?

Hubert ist gar nicht erstaunt über diese Frage. Irgendwann musste sie mal kommen.

„Das ist es ja gerade – sie ist großartig im Bett, während ich sie oft enttäusche."

„Ah – ein psychologisches Problem. Und dann denkt sie, sie könne dich im täglichen Leben mächtig herunterputzen. Kratzt das nicht am Selbstbewusstsein?"

„Manchmal ja. Aber in meinem Beruf bin ich hervorragend."

„Trotzdem, Hubert, ich würde mein Leben nicht durch eine miese Ehe ruinieren!"

„Ich werde darüber nachdenken."

Hubert hat schon oft an eine Trennung von seiner Frau gedacht. Vielleicht geben Orlandos Erlebnisse mit Frauen, die auf Kontaktanzeigen reagieren, auch ihm den Mut, nach einer liebevollen Partnerin zu suchen. Oder er schiebt weiterhin Überstunden bei der Bank. Immerhin werden die Überstunden auch bezahlt. Etwas mehr Geld zum Leben in Stuttgart kann nie verkehrt sein, denkt Hubert.

23. Kapitel

Wen Orlando schon fast vergessen hat, ist Miriam. Miriam Schmiedel, die in der Verwaltung einer Kirche arbeitet. Genauer gesagt: der evangelischen Kirche.

Für Miriam ist das nicht nur ein Job. Nein, sie lebt ihre christliche Überzeugung auch. Und sie sucht einen Partner, der dasselbe tut. Einen Atheisten könnte sie nicht ertragen, es muss schon ein Mann sein, der wie sie an Gott glaubt, immer wieder mit ihr in den Sonntagsgottesdienst geht und ihren heißgeliebten Hauskreis besucht. Eine Kleingruppe mit einigen Freunden, die während eines Abends über einen Bibeltext sprechen und anschließend noch stundenlang Gemeinschaft pflegen. Gemeinschaft, während derer sie sich unterhalten. Eigentlich ist es Klatsch und Tratsch, aber Miriam verbietet sich und anderen, diese Unterhaltungen als „Klatsch und Tratsch" zu bezeichnen. Dazu mag sie diese Leute zu sehr.

Dieser Orlando aus der Kontaktanzeige hat schon dreimal bei ihr angerufen. Sie hat seine Nachrichten auf ihrem Anrufbeantworter gespeichert und lässt sie immer wieder abspielen. Wie gefällt ihr die Stimme? Wäre das ein Mann, mit dem sie – Miriam – glücklich werden könnte?

Und weil sie so unschlüssig ist, hat sie noch nicht den Telefonhörer abgenommen, wenn Orlando anrief. Nur, wie lange will sie das so durchziehen? Wie lange sollte ein Mann probieren, sie zu erreichen, bevor er es aufgibt?

Miriams Meinung nach kann ein Mann nicht oft genug versuchen, mit ihr sprechen zu wollen. Aber sie beschließt, beim vierten oder fünften Anruf den Hörer abzunehmen und mit Orlando einen Termin für ein Treffen zu vereinbaren.

Bis zu diesem Zeitpunkt lebt sie für ihre Arbeit, für ihren Glauben und „Hausbibelkreis" und ihren Blog. Miriam führt ein Webtagebuch – also einen Blog -, in dem sie Bücher, Kosmetikartikel, Lebensmittel und andere Dinge, die ihr am Herzen liegen, vorstellt. Heute will sie eine „Dystopie" vorstellen –

einen Fantasy-Roman, der ziemlich negativ ist. Ein Buch, das sie allerdings fasziniert hat. Es heißt „Das letzte Licht auf Erden" und wurde von der kanadischen Schriftstellerin Beth Rivercat verfasst.

„Vor einigen Tagen habe ich dieses Buch zu Ende gelesen", schreibt Miriam. „Bei diesem Roman handelt es sich um ein Buch, das man dem Genre ‚Fantasy' und ‚Science Fiction' zuordnen kann. Solche Bücher lese ich sehr selten. Warum mir das Buch trotzdem gefallen hat, liest man jetzt."

Sie gibt noch einige Kurzinformationen zum Buch preis – also, wann es erschien und bei welchem Verlag und welche ISBN-Nummer es hat. Ach ja, und die Seitenzahl und den Ladenpreis im deutschen Buchhandel sollte sie ebenfalls nicht vergessen.

Jetzt endlich kann Miriam in ihren Worten die Handlung des Buches schildern. Sie wählt dafür die Überschrift „Die Handlung", um nicht gleich zu viel zu verraten. Immerhin sollen ja auch noch Leute, die den Bericht lesen, das Buch kaufen.

„Der berühmte Tänzer Bernie Morgeneier erleidet einen Herzinfarkt, als er auf der Bühne steht. Er spielt den König Drosselbart im Worldwide-Theater in Niagara (Kanada). Ein Mann, namens James Kratzwurst, versucht, auf der Bühne erste Hilfe zu leisten – aber ohne Erfolg. Bernie Morgeneier stirbt im Alter von 53 Jahren.

Er starb zu einer Zeit, als die Welt noch fortschrittlich war, als man von vielen technischen Vorteilen profitierte – dem Internet und dem Telefon beispielsweise". Miriam hält den Atem an. Selbst, wenn sie die Handlung in ihren eigenen Worten formuliert, nimmt das sie immer noch emotional mit.

„Aber die australische Grippe greift um sich – eine Pandemie, die in Europa begann und durch Reisende in alle Länder verschleppt wird", tippt Miriam weiter. Leicht gleiten ihre Finger über die Tastatur. Es hat doch Sinn gemacht, den Schreibmaschinenkurs mitzumachen. Das fällt ihr immer wieder auf. Es ist zwar mühsam, das 10-Finger-Tippsystem zu erlernen, aber beherrscht man es mal, so ist das eine Fähigkeit fürs Leben. Genauso wie der Führerschein für PKWs.

„Viele Menschen sterben innerhalb weniger Tage, einen Impfstoff kann man nicht mehr finden. Irgendwann sind 99 Prozent der Weltbevölkerung gestorben – Leute, die noch aus Großstädten vor der Grippe fliehen wollten, sterben in ihren Autos, die in Staus stehen. Leute, die auf Reisen waren, stecken auf Flughäfen fest – denn auf einmal gibt es keine Flüge mehr". Miriam kann sich alles bildlich vorstellen und hält inne, weil sie ihre Gefühle zu überwältigen scheinen. Wie kann man in einer solchen trostlosen Welt ohne Gott und ohne den Glauben an IHN überleben?

„99 Prozent der Weltbevölkerung sind tot – und die Vorteile des technischen Fortschritts sind plötzlich erloschen. Wer kümmert sich um guten weltweiten Internetempfang, wenn die Leute, die diesen ermöglichen konnten, nicht mehr leben? Wer braucht noch soziale Netzwerke, wenn es niemanden mehr gibt, der darin liest, weil es niemanden mehr gibt, die etwas darin schreibt.

Ein Prozent der Menschen auf der ganzen Welt haben überlebt. Sie leben verstreut in allen Ländern der Erde und können nicht mehr mit Telefon und/oder Internet in Kontakt treten. Es gibt auch kein Fernsehen mehr, kein Radio mehr, keine Zeitungen, keine Filme.

Familien sind verstreut überall auf der Welt, denn man kann niemandem mehr Bescheid sagen, wo man überhaupt ist – und man weiß ja gar nicht, wer von den Familienmitgliedern noch lebt und wer nicht.

Man überlebt dort, wo man gerade ist. Einige Leute haben sich beispielsweise auf einem Flughafen niedergelassen. Sie bilden dort im Laufe der Jahre eine Gemeinde, in der auch Kinder geboren werden und darüber unterrichtet werden, wie es früher mal war. Ja, früher, als die Welt noch fortschrittlich war. „Zeit der Wunder" nennt man das jetzt. Diese Leute ernähren sich von dem Inhalt der Dosen, die sie in den Autos finden, die vor dem Flughafen geparkt sind. Diese Autos braucht niemand mehr, denn Benzin wird nicht mehr verkauft. Wer sollte denn auch Öl fördern und es in andere Länder importieren? Es gibt auch keine öffentlichen Verkehrsmittel mehr.

Einer der Menschen auf diesem Flughafen ist Donny. Er war mit Bernie befreundet, und er hat ein Museum eingerichtet, in dem er Dinge zeigt, die man während der ‚Zeit der Wunder' benutzte. Smartphones zum Beispiel.

Andere Menschen wandern herum. Beispielsweise Gaby. Als Bernie starb, war sie ein Kind. Sie hat ihn bewundert, sie war mit ihm befreundet. Er schenkte ihr zwei Comicbände, die seine zweite Frau Marianne entworfen und gezeichnet hatte.

Nun wandert Gaby mit einer Gruppe von Leuten durch die USA. Sie nennen sich ‚Symphoniker', weil sie Instrumente spielen können. Weiterhin führen sie Theaterstücke auf, wenn sie Leute treffen, die Theatervorführungen sehen wollen.

Auch James, der Krankenpfleger, der versucht hatte, bei Bernie erste Hilfe zu leisten, nachdem dieser auf der Bühne im Worldwide-Theater zusammengebrochen war, ist einer der Überlebenden. Er übt viele Tätigkeiten aus, die einst Ärzte ausübten. Er hat viel auf diesem Gebiet gelernt und Erfahrungen damit. Denn praktizierende Ärzte und Krankenhäuser gibt es nicht mehr.

Man erfährt noch von anderen Leuten, die überlebt haben. Einige von ihnen hatten irgendeine Beziehung zum verstorbenen Schauspieler Bernie Morgeneier. Beispielsweise sein Sohn Thomas. Der Roman wechselt zwischen Gegenwarts- und Vergangenheitsschilderungen.

Die Zeitrechnung unter den Überlebenden ist übrigens eine andere als die, die wir kennen. Da die Pandemie – also der Tod vieler Menschen durch die australische Grippe - ein sehr einschneidendes Ereignis in der Welt war, ist das Jahr, in dem sie stattfand, das Jahr 0. Ein Jahr später, wird ‚Jahr eins' genannt, darauf folgt das ‚Jahr zwei' und so weiter".

Miriam ist fasziniert. Sie tippt und überlegt – und vergisst dabei, die Nachrichten im ersten Programm anzusehen. Normalerweise tut sie das immer. Aber heute ist sie gefesselt von ihrem Blogeintrag.

„'Das letzte Licht auf Erden' ist ein oftmals düsteres Buch. Es stimmt traurig und nachdenklich", beginnt Miriam, ihre Meinung zu diesem Buch zu tippen. „Dennoch konnte mich die Lektüre auch packen und manchmal sogar faszinieren. Die meisten der geschilderten Charaktere fand ich sympathisch, und ich wollte wissen, was mit ihnen im Laufe des Buches passieren wird. Deswegen habe ich das Buch zu Ende gelesen.

Es war leicht und schnell zu lesen. Die Autorin springt zwischen Szenen aus der Vergangenheit und der Gegenwart in dieser trostlosen Welt, in der so viele Leute nicht mehr am Leben sind, hin und her. Die Beschreibungen von Charakteren und Landschaft sind fesselnd – ich konnte mir alles, auch wenn es zum Glück so in der Realität nie passiert ist, sehr gut vorstellen.

Bernie Morgeneier ist ein Symbol für eine Welt voller Wunder, die einst existierte. Hauptpersonen in dem Buch sind Menschen, die in ihrem Leben mit ihm zu tun hatten. Einige von ihnen haben die australische Grippe überlebt – sie wandern durch die Welt so wie Gaby. Oder sie wohnen in einem ehemaligen Flughafen wie Donny. Jeder versucht, mit der Situation, in der sie oder er steckt, fertig zu werden. Die Welt ist trostlos – aber nicht hoffnungslos. Man kann überleben, aber es gibt auch Situationen, in denen man sich mit einer Waffe – beispielsweise einem Messer – verteidigen muss.

Ein Prophet taucht immer wieder auf in der Handlung. Ich finde ihn unsympathisch. Er nimmt sich das Recht heraus, Frauen zu vergewaltigen, und seine Anhänger morden auch, wenn sie es für nötig erachten.

Der Schluss des Buches war für mich teilweise vorhersehbar, teilweise nicht. Auf jeden Fall war das Leseerlebnis sehr interessant – ich habe das Buch – im Gesamten gesehen - gern gelesen und wollte wissen, wie es weitergeht, auch wenn die Situation mancher Charaktere sehr trostlos war. Ich bewerte dieses Buch mit vier von fünf Sternen und empfehle es weiter".

Besonders der falsche Prophet beschäftigt Miriam in Gedanken, als sie endlich zu Ende ist mit ihrem Blogbeitrag.

Auf einmal klingelt das Telefon. Es ist Orlando.

24. Kapitel

Angelika Silbersegel sitzt um 17.50 Uhr Café „Hofmann" am Rotebühlplatz. Nervös trommelt sie auf die Tischplatte. Wieder nimmt sie einen Schluck des exzellenten Cappuccinos.

Sie ist pünktlich, überpünktlich. Gott sei Dank konnte sie sich rechtzeitig vom Büro loseisen. Sie arbeitete bis zum Umfallen. Morgen wird sie ihre Koffer packen, und am Freitag fliegt sie nach Gran Canaria, in ihren wohlverdienten Urlaub.

Zwei Wochen Sonne, Nichtstun, Palmen, sie freut sich darauf.

Und jetzt sitzt sie hier und wartet auf das „Geodreieck". Noch fünf Minuten bis 18 Uhr. Sie befördert die neueste Ausgabe des Nachrichtenmagazin „Focus" aus ihrer schwarzen Handtasche. Sorgsam legt sie die Zeitschrift rechts neben ihre Tasse.

Sie räuspert sich und streicht über ihre braunen Locken. Sieht sie gut aus? Obwohl sich Angelika darüber keine Sorgen zu machen braucht, tut sie es doch. Sie ist wie alle Frauen, die ständig an sich herumkritisieren. Mit steigendem Alter sind ihre Kritiken an sich selbst sogar noch extremer geworden. Wahrscheinlich, weil sie noch nicht den „Mann fürs Leben" gefunden hat, der ihr täglich sagt, wie toll sie aussieht.

Angelika zieht einen Taschenspiegel heraus und betrachtet sich eingehend. Nach ihrem Urlaub sollte sie unbedingt eine Kosmetikerin aufsuchen, denn an ihren Wangen prangen einige störende Mitesser. Mitesser, die allerdings außer ihr niemandem auffallen.

18 Uhr. Wie auf Kommando fliegt die Türe auf, und ein junges Pärchen tritt ein. Die beiden sind circa 20 Jahre alt und strahlen sich hingebungsvoll an. Angelika wird beinahe neidisch. Jung müsste man wieder sein – dann würde man die Liebe wieder unbeschwerter sehen. Je älter man wird, desto mehr Panik scheint aufzukommen – wenn man immer noch nicht in festen Händen ist.

Angelika schaut auf die Uhr. Fünf Minuten nach 18 Uhr. Vielleicht hat sie sich im Café oder in der Zeit geirrt?

Wieder fliegt die Türe auf – und Angelika erstarrt. Orlando! Was tut der denn hier?

Forsch schreitet er durch die Reihen – und Angelika räumt blitzschnell die Zeitschrift „Focus" weg. Nein, er kann und darf nicht das Geodreieck sein!

25. Kapitel

Die Unpünktlichkeit der öffentlichen Verkehrsmittel ärgert Orlando heute ganz besonders. Oder kam er zu spät ins Café „Hofmann", weil er vorher noch seine Anzugjacke aus der Reinigung holte?

Na ja – nur fünf Minuten ist er zu spät. Anita dürfte noch auf ihn warten. So schnell gibt eine Frau doch nicht auf.

Sein Blick schweift über die Café-Besucher und bleibt schließlich an Angelika hängen. Was – sie hier? Und alleine?

Er nickt ihr zu – sie nickt zurück. Verzweifelt denkt sie an einen beleibten Richard Gere oder Silvester Stallone. So sollte auf jeden Fall der Mann aussehen, den sie hier erwartet. Aber bitte nicht Orlando.

Orlando versucht, harmlos auf die Tische zu schauen. Er sucht doch hoffentlich nicht den „Focus"?

Enttäuscht lässt er sich auf einen freien Platz nieder.

Zwischen ihm und Angelika sitzt ein plauderndes Pärchen. Gut so – Angelika kann ihn nicht beobachten. Und auch sie ist vor seinen Blicken sicher.

Anita scheint sich wohl verspätet zu haben. Orlando platziert die Tragetasche aus der Reinigung neben sich und winkt der Bedienung. Vielleicht steckt Anita noch im Feierabendverkehr – auch Beatrix erschien nicht pünktlich am vereinbarten Treffpunkt.

Aber Anita kommt nicht. Sie hat ihn offensichtlich versetzt. Das kränkt ihn. Warum konnte sie nicht absagen? Da fällt ihm ein, dass sie seine Telefonnummer nicht hat.

Er bestellt eine Tasse Kaffee und nippt solange daran herum, bis das braune Getränk kalt ist. Anita erscheint nicht.

Er bestellt einen Orangensaft und lässt sich Zeit. Die Zeiger der Uhr kriechen auf 19 Uhr. Anita erscheint nicht.

„Ist Orlando das ‚Geodreieck'?", fragt sich Angelika unablässig, während sie lustlos in ihrem dritten Cappuccino rührt, bis die aufgeschäumte Milch total zerflossen ist. Sie ist neugierig, aber steckt in einer blöden Situation. Wenn sie Orlando fragt, kommt er sicher darauf, dass sie nur Anita sein kann.

Schließlich erhebt sich Orlando, packt seine Tüte aus der Reinigung und steuert schüchtern auf sie zu.

„Na – auch alleine hier?"

„Ja", antwortet sie ausweichend. „Ich bin gerne alleine hier."

Ihre Antwort ist eine glatte Lüge. Aber muss sie das Orlando auf die Nase binden?

„Ich – äh – habe einen Freund erwartet. Aber er ist wohl verhindert", erzählt er.

Er wartet auf ihre Aufforderung, sich zu ihr zu setzen. Aber diese kommt nicht. Und er getraut sich nicht zu fragen.

„Schade für dich!", murmelt sie. „Dann fährst du wohl jetzt nach Hause! Oder willst du weiterhin warten?"

„Ich denke, ich fahre nach Hause", presst er hervor. „Dir wünsche ich noch einen schönen Abend – und einen schönen Urlaub!"

„Danke!" Sie lächelt. Und beinahe tut es ihr leid, dass sie Orlando nicht aufgefordert hat, sich zu ihr zu setzen. Aber nur beinahe.

Orlando bezahlt seine Getränke und stürzt nach draußen. Der Abend ist gründlich verdorben.

Aber zum Glück trifft er morgen wieder Beatrix.

26. Kapitel

Heute fühlt sich Beatrix Pfifferling besser als am Montag. Von ihrem Romanmanuskript hat sie nochmals Kopien anfertigen lassen und eine an den Verlag KRÄMER & KONSORTEN geschickt. Zum Glück hat sie ihr Original immer griffbereit zur Hand. Denn man soll nie Originale an Verlage schicken. Und das weiß auch Beatrix.

Ein Manuskript, das erneut auf Reisen geht, gibt wieder Anlass zur Hoffnung. Heißt es nicht, Beharrlichkeit führe zum Ziel? Wieder hofft Beatrix, einen Verlag zu finden, der ihr Buch auf den Markt bringt. Und sie hofft, es möge KRÄMER & KONSORTEN sein.

Sie träumt von ihrem großen Durchbruch als Autorin – von Ruhm, Fernsehinterviews, Traumreisen und einer großen Villa, als sie in der Stadtbahn sitzt. Um 17 Uhr stürmt sie zur Wohnungstür hinein. Fabian hackt auf seinem Computer herum und ruft ihr ein kurzes „Tag, Liebling!" entgegen.

Sie bemerkt erstaunt, dass alle Kisten mit den vielen, unnötigen Computerlisten aus dem Weg geräumt sind. Vielleicht hat Fabian diese im Keller verstaut. Oder er hat sie endlich rausgeworfen.

Vorsorglich hat sie diesmal mit Orlando vereinbart, sich um 19.30 Uhr in der Innenstadt zu treffen. Trotzdem möchte sie keine Zeit verlieren, sucht ein sauberes Handtuch und rennt in die Dusche.

Das perlende Wasser liebkost ihre Haut. Sanft reibt Beatrix ihre Haut trocken und cremt sich mit Körpermilch ein. Dann zieht sie ihren rosafarbenen Frotteebademantel über.

Sie öffnet die Badezimmertür, will ins Schlafzimmer eilen, ein frisches T-Shirt überstreifen und heute zur Abwechslung einen Rock auswählen. Fabian hat immer schon gesagt, sie sähe in Röcken besonders zauberhaft aus.

Vielleicht findet Orlando das auch.

Aber sie kann ihre Pläne nicht realisieren. Jetzt jedenfalls nicht.

Fabian stellt sich ihr in den Weg – bekleidet gerade mit einem T-Shirt. Er steht da mit aufgerecktem, steifem Penis.

Ehe sie etwas sagen kann, küsst er sie. Tief und innig. „Liebling, ich habe mich den ganzen Tag nach dir gesehnt!", murmelt er.

„Fabian – ich habe kaum Zeit. Ich treffe heute wieder meine Schulfreundin!"

„Die Schulfreundin kann warten", meint er ungerührt. „Liebling – du wirst mich doch jetzt nicht zurückweisen! Nachdem du dich so oft beklagt hast, wie sehr unser Sex-Leben in den letzten Monaten gelitten hat!" Er knabbert sanft an ihrem linken Ohr und streicht über ihre Haare. „Ich verspreche dir, ich werde mich bessern. Siehst du nicht, dass ich bereits meine alten Listen weggeworfen habe?"

„Du hast sie weggeworfen?"

„Ja! Eigenhändig in den Altpapier-Container geworfen!" Wieder küsst er sie. „Ich habe es nur für dich getan – bitte enttäusche mich jetzt nicht!"

Ihr fehlen die Gegenargumente, und sie gibt sich ihm hin. Sie spürt seine fordernde Zunge in ihrem Mund, sie fühlt seine Hände, die in den Schlitz ihres Bademantels gleiten und nach ihren Brüsten greifen. Sanft massiert er sie. Dann löst er behutsam den Gürtel von Beatrix Bademantel. „Wollen wir nicht ins Schlafzimmer gehen?", flüstert er.

„Fabian – ich will nicht wieder unpünktlich sein!"

„Ach komm' – es dauert auch nicht lange!" Er fasst sie am Rücken und schiebt sie ins Schlafzimmer. „War ich nicht brav und habe seit langer Zeit mal wieder meine Sachen aufgeräumt? Lade doch beim nächsten Mal deine Schulfreundin zu uns ein!" Beatrix steigt seufzend ins Bett. Ihr fehlen die Gegenargumente.

Seine Hände umfassen ihre Brüste. Langsam gleiten seine Hände nach unten und massieren ihre Oberschenkel. Unwillkürlich spreizt sie ihre Beine auseinander, und er massiert weiter. Seine gierigen Lippen umschließen ihre Brustwarzen.

Beatrix Mund ist trocken – sie sehnt sich nach einem Glas Mineralwasser. Aber sie will Fabian nicht verärgern, der ihren Körper betastet wie ein Bildhauer, der aus einer Masse eine Statue formt.

„Schnell", denkt sie. „Ich habe doch eine Verabredung." Andererseits fühlt sie sich unter seinen zärtlichen Berührungen so gut. So gut, wie schon lange nicht mehr.

Sie spürt seine Männlichkeit in ihr, sie spürt ihn auf- und abfedern. Er genießt es, schnauft zufrieden.

Beatrix schreit, als sie kommt. Und plötzlich wird sie ohnmächtig.

27. Kapitel

Liebling, war es so schlimm?" Wie von ferne hört sie Fabians Stimme, die sie wieder in die Wirklichkeit zurückholt.

Warum liegt sie hier in dem frisch bezogenen Bett?

War das etwa auch Fabians Werk? Sie liegt warm in ihren Bademantel gehüllt, die Daunendecke bis zum Kinn.

„Was war denn los?", haucht sie.

„Du bist während des Orgasmus ohnmächtig geworden!" Fabian nähert sich, kniet vor ihr hin und küsst sie sanft auf die Stirne. „Oh, Liebling, was habe ich nur angestellt?"

„Gar nichts." Sie streicht ihm sanft über die Haare. „Du bist vorgegangen wie ein Künstler, und ich habe den Sex wirklich genossen! Dabei war ich doch in Eile..." Siedend heiß fällt ihr ein, dass sie Orlando treffen will.

Mit einem Ruck schießt sie nach oben – und ihr wird schlecht. Nein, so kann sie heute nicht ausgehen.

Sie bittet Fabian um ihr Smartphone.

„Wie dumm, dass ich meiner Schulfreundin absagen muss. Aber ich fühle mich nicht gut."

„Hier, Liebling!" Fabian reicht seiner Freundin das mobile Telefon und küsst sie auf die Stirne. „Ich habe ein solch schlechtes Gewissen..."

„Nein, Fabian, das brauchst du nicht!", versichert sie ihm. Wobei sie nicht weiß, ob sie es ehrlich meint.

Sie haben schon viel wildere Orgasmen miteinander erlebt, aber noch nie wurde sie ohnmächtig dabei.

„Du könntest mir einen Schluck Mineralwasser holen – und meine Handtasche bitte!", meint sie schwach. Zum Glück besitzt sie Orlandos Mobiltelefonnummer. Hastig kramt sie nach dem Zettel in ihrer Handtasche.

Hoffentlich bekommt Fabian nichts mit – aber er bietet sich an, ein Abendessen zu zaubern. Und so tippt sie mit zittrigen Fingern die Telefonnummer ein.

Orlando ist noch zu Hause und nimmt ab.

„Ja, Kromway! Wer spricht da, bitte?"

„Hallo Sabine! Ich bin es Beatrix!", ruft sie. So, dass Fabian es hören müsste, wenn er in der Nähe ist.

Orlando versteht den Trick sofort. Wahrscheinlich befindet sich in Beatrix' Umkreis jemand, der nicht erfahren soll, dass sie einen Mann anruft. Vielleicht ist es die Mutter. Verständlich, dass man ihr eine neue Männerbekanntschaft nicht sofort auf die Nase bindet.

„Hallo, Beatrix! Schön, dich zu hören! Sehen wir uns heute Abend?"

„Leider nein!" Ihre Hände, die das Smartphone halten, zittern. „Ich hatte soeben einen Kreislaufkollaps und fühle mich gar nicht gut!"

„Einen Kreislaufkollaps?" Die Stimme am anderen Ende klingt besorgt. „Wahrscheinlich arbeitest du zu viel."

„Kann sein!", flüstert sie – froh, so schnell einen Grund gefunden zu haben. Es ist ja auch peinlich zuzugeben, dass man beim Sex ohnmächtig wurde.

„Können wir uns nächste Woche treffen?"

„Klar doch – ich rufe dich an!"

Fabian äugt um die Ecke, beladen mit einem Tablett. Beatrix versucht, sich nicht aus dem Konzept bringen zu lassen.

„Ich wünsche dir noch gute Besserung! Also dann – tschüss, bis nächste Woche!" Sie hört ein Klicken in der Leitung – Orlando hat das Gespräch beendet.

Erleichtert legt sie das Smartphone auf den Nachttisch und nimmt einen Schluck Mineralwasser. Wie gut das tut – und wie belebend das ist.

Fabian kommt näher – in seinen kurzen Hosen sieht er richtig schick aus. Er lächelt und stellt ein Tablett auf den Boden.

„Jetzt werden wir etwas essen, damit wir wieder zu Kräften kommen!" Er klingt wie eine Krankenschwester, stützt Beatrix' Rücken, so dass sie zum Sitzen kommt.

Schnell stopft er einige Kissen hinter sie, und sie kann sich bequem anlehnen.

„Liebling, es tut mir so leid, dass du nun deine Freundin nicht treffen kannst!", meint er wieder und küsst sie auf den Mund. Dann nimmt er das Tablett und stellt es auf ihre Bettdecke.

Verwundert starrt sie darauf – Wurst- und Käsescheiben liegen verlockend auf einem Teller, dazu Tomaten- und Gurkenstücke. Auch an Joghurt und diverse Brotscheiben sowie Butter hat Fabian gedacht.

„Der Tee muss noch ziehen", entschuldigt er sich. „Aber du kannst schon anfangen."

Sie schüttelt erstaunt den Kopf.

„Fabian – dieses Abendessen sieht fabelhaft aus. So verwöhnt hast du mich schon lange nicht mehr!"

Fabian schweigt. Denn er weiß, dass sie recht hat.

„Und du willst nichts essen?", unterbricht sie sein Schweigen.

„Später vielleicht!", murmelt er, holt sich einen Schemel und beobachtet sie beim Essen. Nach einigen Minuten holt er die Teekanne und eine Tasse aus der Küche.

Beatrix isst und merkt, wie die Energie langsam in ihren Körper zurückkehrt.

Irgendwann holt sich Fabian eine Tasse, schenkt sich von dem leckeren Früchtetee ein und erzählt:

„Ich hatte mir Gedanken um unsere Beziehung gemacht. Und dann habe ich eben dieses Buch gelesen..."

„Fabian, du brauchst kein schlechtes Gewissen zu haben!" ereifert sie sich.

Aber er scheint sie gar nicht zu hören, sondern redet weiter wie ein Wasserfall. Verträumt blicken seine Augen in weite Ferne.

„Ich wollte es zuerst nicht wahrhaben, was du mir vorwarfst. Warum musste auch ich auf eine Frau hören? Ich – als Mann. Ständig hing ich diesem falschen Denkmuster an, das mir wohl in frühester Kindheit anerzogen wurde. Ein egoistisches Denkmuster, wie ich feststellen musste." Fest blickt er in ihre braunen Augen. „Ich habe so viel versäumt. Viel zu viel. Und ich habe vor lauter Egoismus unsere Beziehung vernachlässigt. Aber ich will mich bessern – ich verspreche es dir." Seine Stimme klingt sanft, als er sich nach vorne beugt und seine Freundin küsst. „Verzeihst du mir?"

„Ja!" Sie nickt. „Du bist schon auf dem Wege der Besserung! Hast du etwa unsere Betten frisch bezogen?"

„Ja, das habe ich!" Er strahlt. „Hast du das gemerkt?"

„Sofort!" Sie lacht. „Und du hast alles völlig richtig gemacht."

Er räumt das Tablett von ihrem Bett, entfernt die Kissen hinter ihrem Rücken und legt sie langsam wieder hin.

„Ich bin nicht todkrank!", protestiert sie. „Ich stehe jetzt auf!"

„Du bleibst liegen und ruhst dich aus!", befiehlt er.

„Ach, Fabian!" Sie seufzt.

„Keine Widerrede! Ich werde dich jetzt waschen und dir deinen Pyjama anziehen!" Er verschwindet aus dem Schlafzimmer, trägt das Tablett vor sich her und erscheint wieder mit einer Schüssel mit warmem Wasser und einem blauen Waschlappen.

„Fabian – das kann ich doch selbst machen!"

„Nein!" Er zieht einen blau-rot gemusterten Pyjama aus ihrem Kleiderschrank und legt diesen auf seine Doppelbetthälfte. Dann schlägt er Beatrix Decke zurück und öffnet ihren Bademantel. Liebevoll wäscht er ihre Schenkel, ihre Beine und ihren Oberkörper und tupft alles langsam mit einem weichen Handtuch trocken. Die gleiche Prozedur wiederholt er mit ihrer Rückseite, nachdem er sie langsam aus ihrem Bademantel geschält hat.

Beatrix staunt nur noch. Das ist derselbe Fabian, den sie vor Jahren kennen lernte. Derselbe Fabian, in den sie sich vor Jahren verliebte. Fürsorglich und zärtlich und kein computerabhängiges Monster, für den eine Frau nur ein Gegenstand der sexuellen Befriedigung darstellt. Wenn Fabian so weitermacht, kann es gar keinen anderen Mann in ihrem Leben geben.

Sie hilft ihm, als er ihr den Pyjama anzieht. Dann deckt er sie zu und haucht einen Kuss auf ihre Nasenspitze.

„Du solltest schlafen, Liebling. Kreislaufprobleme sind nicht auf die leichte Schulter zu nehmen!"

Da fällt ihr etwas ein.

„Fabian – hattest du eigentlich vorhin einen Orgasmus oder nicht?"

„Ach!" Er macht eine wegwerfende Handbewegung. „Als du in Ohnmacht fielst, erschrak ich so sehr, dass ich gar nicht mehr hätte kommen können."

Sie schluckt, denn sie weiß, dass er lügt. Irgendwann wird er im Bad verschwinden, die Türe zusperren und an seinem Penis reiben. Und irgendwann wird er kommen und die Spuren in einem Papiertaschentuch auffangen, das er dann ins Klo wirft...

Sie macht sich Gedanken um Fabian und seine Wandlung. So, wie er sich jetzt gibt, könnte sie sich glatt neu in ihn verlieben.

28. Kapitel

Nein, Liebling, du kannst heute nicht zur Arbeit gehen!" Fabians Stimme klingt fest. Es ist Freitagmorgen, und der Wecker hat gerade geklingelt.

„Unsinn, Fabian, ich fühle mich sehr gut!" Nach einem tiefen Schlaf liegt Beatrix erquickt in den Kissen und will aufstehen.

„Du bleibst liegen!" Er presst sie mit sanftem Griff zurück in die Kissen. „Kranke Frauen sind ungezogener als kranke Männer!"

„Aber, Fabian, ich habe so viel Arbeit..."

„Und du hattest gestern einen Kreislaufkollaps! Nein, Beatrix, damit ist nicht zu spaßen! Ich werde um halb acht in deinem Büro anrufen und dich entschuldigen!"

Sie seufzt. Widerspruch ist zwecklos. Fabian ruft nicht nur in ihrem Büro an, sondern auch in seinem. Mit zwei Freunden leitet er eine Computerfirma, und die Software, an der er gerade sitzt, kann er auch von zu Hause aus bearbeiten.

Beatrix ist gerührt. Fabian erscheint mit einem Frühstückstablett mit Vollkornbrot, Kaffee und Rührei. Und Fabian lässt alle Türen offen stehen, während er arbeitet.

„Damit ich dich sofort höre, wenn du ein Problem hast!"

Nach neun Uhr verschwindet er für eine Stunde aus dem Hause, holt seine Arbeitsunterlagen aus der Firma und bringt einige Überraschungen für Beatrix mit.

„Womit habe ich das verdient?", fragt sie, als er einige Frauenzeitschriften vor ihr ausbreitet.

„Du sollst dich gut erholen, Liebling!", antwortet er.

Er braut einige Tees und befiehlt ihr, diese zu trinken. „Mein Kollege Gerd hat sie mir empfohlen!" Stolz hält er Beatrix eine Tasse unter die Nase, deren Inhalt nach Moder und Staub riecht. „Soll gut sein gegen Kreislaufbeschwerden!"

Beatrix unterdrückt ein Schaudern und trinkt tapfer das Gebräu. Fabian geht zufrieden an seine Arbeit, um eine Stunde später mit einem anderen Tee vor ihrem Bett zu erscheinen.

„Jetzt sind wir schön tapfer und probieren diesen Tee. Er ist gut für die Durchblutung!"

Beatrix legt ihre Zeitschriften weg und spült ein Gebräu hinunter, dessen Geruch sie sehr an alte Akten erinnert.

„Wie viele Tees hast du noch?", krächzt sie.

„Ooh – einige. Gerd hat mir eine ganze Liste aufgeschrieben. Davon habe ich gleich einige besorgt!" Fabian strahlt, als habe er das ‚Ei des Kolumbus' entdeckt. „Ich will doch, dass du gesund wirst, Liebling!"

Sie will ihm klarmachen, dass sie doch längst wieder gesund ist. Aber sie lässt es bleiben – es hat doch keinen Wert. Widerstand ist zwecklos, und so trinkt sie zwischen der Zeitschriftenlektüre Tees gegen alles Mögliche und Unmögliche. Und immer wieder fragt Fabian, wie es ihr geht. Immer wieder küsst und streichelt er sie. Weiter als bis zu ihrem Dekolleté wagt er sich jedoch nicht – er hat sich und ihr für heute absolute Enthaltsamkeit auferlegt.

29. Kapitel

Immer werden Beatrix diese Tage in Erinnerung bleiben – die Tage, in denen sich ihre Beziehung endgültig zum Positiven wendet. Fabian führt sie spazieren und hält sie fest, damit sie nicht hinfällt, wie er sagt. Sie protestiert, aber er will sicher sein, dass sie sich erholt.

Unter seiner Fürsorge bleibt ihr auch gar nichts anderes übrig. Er nimmt sie mit zum Wochenmarkt, kauft Obst und Gemüse ein und bereitet eine köstliche Gemüsesuppe zum Mittagessen.

Er wäscht Geschirr, er saugt Staub, er räumt auf, während sie, in eine Decke eingewickelt, vor dem Fernseher sitzt.

Am Abend bereitet er ein Dinner bei Kerzenlicht – er setzt seine ganze Fantasie ein. Und Beatrix kommt aus dem Staunen nicht mehr heraus.

Selbst unter die Dusche begleitet er sie und lässt es sich nicht nehmen, sie einzuseifen.

Am Sonntag schließlich ist er von den positiven Ergebnissen seiner Pflege überzeugt und hebt seine Enthaltsamkeit auf. Und sie lässt es geschehen, denn sie weiß, er hat es verdient.

Ohne Widerrede lässt sie sich nach einem hervorragenden Frühstück ins Bett legen. Sie genießt es, wie er sie entkleidet, sie genießt seine Streicheleien und Liebkosungen. Seine Zunge und seine Hände sind beinahe an allen möglichen und unmöglichen Stellen. Sie genießt es, als er schließlich in sie eindringt und sie zum sexuellen Höhepunkt führt.

Sie haben es sich verdient, und sie wissen es beide.

Und Beatrix weiß, dass Fabian der richtige Mann für ihr Leben ist. Sie gehören zusammen – und sie wird sich nie einem anderen Mann hingeben können.

30. Kapitel

Seine „Geodreieck-Aktion" scheint irgendwie im Moment unter einem schlechten Stern zu stehen. Darüber ärgert sich Orlando. Anita erschien nicht am vereinbarten Treffpunkt, Beatrix erlitt kurz vor dem zweiten Treffen einen Kreislaufkollaps, und neue Briefe auf seine Kontaktanzeige trafen nicht mehr ein.

So bleiben im Moment nur Rosi und Miriam. Mit Miriam will er sich morgen treffen. Aber heute ist Rosi für ihn der Rettungsanker, die Lehrerin, die auf ihren Beruf großes Gewicht legt. Rosi steht heute zur Verfügung. Nach der Arbeit trifft er sie in einem Café in der Königsstraße, also mitten in Stuttgarts Innenstadt. Vielleicht zeigt sie dann eine positive Seite, die sie beim ersten Treffen noch verborgen hat.

Der Arbeitstag artet in Hektik aus, ist beinahe eine Katastrophe. Wenn Angelika nicht da ist, scheint nichts zu funktionieren.

Jennifer soll sie vertreten, zeigt sich in dieser Hinsicht aber äußerst unkollegial. Alles, was nicht in ihren Arbeitsbereich gehört, erledigt sie nachlässig, beinahe schon schlampig.

Jennifer, ein blondes, freches Ding. Jennifer, die hier in der Firma zur Industriekauffrau ausgebildet wurde und sich darauf etwas einbildet. Sie ist für die deutschsprachigen Länder zuständig, bearbeitet diese mit Hingabe. Aber Vertretungen? Nein!

An ihrer Hand prangt schon seit drei Jahren ein goldfarbener Ehering, den sie geschickt zur Schau stellt. Orlando bemitleidet innerlich Jennifers Ehemann – andererseits wird gemunkelt, dass die Ehe sehr glücklich sein soll. Eine Ausnahme in heutiger Zeit.

Orlando gibt eifrig Angebote in seinen Computer ein, um so wenig wie möglich mit Jennifer arbeiten zu müssen. Er drückt ihr nur die ausgedruckten Angebote in die Hand, die sie an einige Kunden und Vertretungen versenden soll.

„Faxe dieses Angebot nach Russland an die Firma PROWSKI und dieses nach Südkorea an die Firma PARK & SONS. Aber bitte nicht verwechseln!"

„Ich bin doch nicht blöd!", schreit Jennifer und reißt Orlando die sauber bedruckten Blätter mit Firmenemblem aus den Händen. Er sieht sie entschwinden, ihr Pferdeschwanz wippt leicht hin und her.

Orlando schwitzt. Jennifer ist immer ein Risikofaktor. Nicht auszudenken, was geschehen würde, wenn sie die Angebote vertauschte, da nämlich für verschiedene Länder verschiedene Preise festgesetzt wurden. Die Preise für asiatische Kunden sind natürlich höher als die für europäische.

Und dann sehnt er sich nach Angelika – als Kollegin. Sie besitzt zwar eine giftige Zunge, aber erledigt ihre Arbeit vorbildlich.

Jennifer erscheint, mit beiden Faxen, glücklich lächelnd. „Ich habe beide Angebote durchgeschickt!" Sie knallt den Papiersegen auf Orlandos Schreibtisch und läuft davon, ohne einen Kommentar abzuwarten.

Seufzend klammert Orlando den Sendebericht der beiden Angebote an die jeweiligen Seiten und fährt mit seiner Arbeit fort.

Er schreibt und rechnet, schreibt und rechnet, bis für ihn endlich der Feierabend anbricht.

31. Kapitel

Um 19 Uhr hat sich Rosi mit Orlando im „Café Nürnberg" in der Nähe des Rathauses verabredet. Sie trifft jedoch schon eine halbe Stunde früher ein, denn früher, als geplant, konnte sie ihre Einkäufe erledigen.

Rosi bestellt sich ein Kännchen Kaffee und blickt gedankenverloren im Raum herum. Das Café ist im bäuerlichen Stil eingerichtet – mit dunkelbraunen Holzmöbeln, garniert mit großblumigen, aber dezenten Bezügen. Die Fenster schmücken schwere, dunkelrote Vorhänge. Alles fügt sich harmonisch zu einem Ganzen.

Rosi rührt in ihrem Kaffee und bereut, dass sie kein Buch mitgenommen hat. Wie gut könnte sie damit die Zeit überbrücken, sich ablenken und vielleicht auch auf Orlando vorbereiten.

Heute oder nie – das fühlt sie – wird sich herausstellen, ob sie Orlando auch weiterhin treffen wird. Zeigt er sich immer noch verständnislos in Bezug auf ihre Lehrertätigkeit und ihre abgöttische Liebe zur Natur, wird sie ihm wohl den Laufpass geben müssen.

Ihr Gedankenfluss wird jäh unterbrochen durch einen stattlichen Mann, der selbstbewusst durch den Raum rauscht. Rosi stutzt – ja, diesen Mann kennt sie!

Und auch er sieht sie sofort. Ein freudiges Erkennen blitzt in seinen Augen auf – er lächelt:

„Rosi – na, was für eine Überraschung! Was machst du denn hier?"

Sie strahlt, und ihr Gesicht leuchtet wie eine Sonnenblume. „Peter! Ich freue mich, dich zu sehen! Hast du nicht Lust, dich zu mir zu setzen?"

„Wenn ich nicht störe?" Warm klingt seine Stimme, und ihr rinnt ein Schauer über den Rücken. Ja, das ist immer noch derselbe Peter, ihr Schulkamerad von einst. Natürlich ist er älter geworden, an den Schläfen blitzen ein paar graue Strähnen. Aber er sieht noch verdammt gut aus!

„Nein – du störst überhaupt nicht!" Sie weist mit ihrer Hand auf einen freien Stuhl neben ihr. „Ich kam vor zehn Minuten hierher und wollte nur ein bisschen bei einem Kännchen Kaffee entspannen!"

Sie lügt, denn sie wartet auf Orlando. Aber Peter ist ihr weit lieber. Heute scheint das Glück auf ihrer Seite zu stehen.

Peter setzt sich und bestellt sich ebenfalls ein Kännchen Kaffee. Und dann stürzen sie sich in eine angeregte Unterhaltung. Seit dem letzten Klassentreffen vor sechs Jahren haben sie sich nicht mehr gesehen – seitdem floss viel Wasser den Neckar hinab. Peter arbeitet unterdessen als Pharmareferent, und Rosi hängt an seinen Lippen, saugt jedes Detail in sich auf, das er über seine berufliche Tätigkeit erzählt.

„Ich reise in den Bundesländern Baden-Württemberg, Bayern und Rheinland-Pfalz herum und preise den Ärzten unsere günstigen, aber sehr wirksamen Medikamente an", berichtet er.

Eigentlich wollte er nach dem Biologiestudium in die Forschung gehen, jedoch bot sich ihm dafür keine Chance, da Gelder für Forschungszwecke stark eingeschränkt wurden. „Aber mein Beruf macht mir trotzdem Spaß!"

„Ich arbeite als Lehrerin", beginnt Rosi. „Aber sicherlich weißt du dies schon – ich erzählte es dir auf unserem Klassentreffen."

Ausführlich legt sie dar, wie sie unterrichtet, wie sie in ihrer Freizeit die Natur erobert, sich stets von neuem an der Schönheit der Pflanzen ergötzt und versucht, auch bei ihren Schülern dieses Interesse zu wecken.

Peter lauscht fasziniert.

„Ich finde dich bewundernswert – wir könnten doch gemeinsam in die Natur gehen. Ich erkläre dir, welche Pflanzenwirkstoffe in unseren Medikamenten enthalten sind, und du erklärst mir den Rest – wie ich die einzelnen Pflanzen erkenne, wie ich sie presse und so weiter!"

„Peter – ich tue nichts lieber als das!" Mit verklärten Blicken nippt sie an ihrer Tasse Kaffee, und endlich schleicht Peters Hand über die Tischplatte und berührt ihre Hand.

Sie lächelt, nimmt seine Hand und merkt, dass sie vor den Toren eines großen Abenteuers steht. Eines Abenteuers mit Peter.

Orlando hat sie vergessen – er wurde aus ihren Gedanken geweht, so wie der Herbstwind Laub über die Straßen wirbelt.

Und genau in diesem Moment betritt Orlando das Café. Er kommt zehn Minuten zu spät.

32. Kapitel

Kaum hat Orlando das Café betreten, stutzt er. Was, Rosi hat ihren Liebhaber dabei? Warum konnte sie ihm nicht vorher absagen?

Stören möchte Orlando nicht, also setzt er sich an einen freien Tisch – mitten in Rosis Blickfeld. Er wartet darauf, dass sie aufsteht und eine Erklärung abgibt. Oder dass sie ihm den Mann vorstellt.

Aber noch nichts in dieser Hinsicht passiert.

Orlando bestellt sich eine Tasse Cappuccino und wartet.

In Rosis Gehirnkasten schlagen währenddessen die Gedanken Purzelbäume.

„Mensch, Orlando ist hier – was mache ich bloß?", denkt sie verzweifelt und sinnt nach einer Lösung.

Laut erzählt sie Peter, wie sie den Schülern das U beigebracht hat:

„Ich sage ‚uuuuh‘, und die Kinder sprechen mir nach: ‚uuuuh!!‘"

Peter beobachtet sie fasziniert. Nein, jenes „uuuuh" klingt nicht wie Gespenstergeheul in seinen Ohren, er findet es herrlich aufregend.

„Was – und damit schaffst du es, eine ganze Rasselbande in Zaum zu halten?"

Sie lächelt.

„Na klar, Probleme mit meinen Schülern habe ich nicht. Sie benehmen sich immer einwandfrei und sind brav."

Peter staunt. Und eine solche kinderliebe Frau ist noch nicht unter der Haube? Ihm gefällt alles an Rosi – das etwas mollige Äußere passt zu ihr, und sie trägt Kleider für ihren Typ. Und wie hübsch sie ist – wie ihre Augen strahlen!

Er liebt ihren üppigen Busen – diese schmalen „Spargeltanten", die Kalorien zählen und doch nur aussehen, als seien sie in einer Barbie-Puppenfabrik auf dem Fließband entstanden, haben ihm sowieso noch nie gefallen.

Hier sitzt Rosi, eine Vollblutfrau, und zwischen ihnen scheint sich etwas anzubahnen.

Auch sie ist sehr beeindruckt von Peter. Wie einfühlsam er ihre Unterrichtsmethoden kommentiert! Peter hört zu, äußert intelligente Ansichten und scheint auch sonst ein atemberaubender Charakter zu sein.

Orlando heftet seine Blicke immer noch beharrlich auf sie wie Stecknadeln, und sie sieht schuldbewusst auf die Tischplatte. Peter scheint zum Glück von dem ganzen Blick-Spielchen nichts zu merken. Er sitzt neben ihr und nimmt ihre Hand.

„Rosi, ich glaube, es war Schicksal, dass wir uns heute getroffen haben. Heute, nach so vielen langen Jahren!"

„Ja!", haucht sie, fühlt seine warme, männliche Hand in ihrer und streichelt sie.

Es kommt, was kommen muss. Peter beugt sich nach vorne und küsst sie gierig auf den Mund.

„Rosi, ich will dich!"

„Ich will dich auch, Peter!", antwortet sie, und es ist ihr ernst.

Sie umarmen sich, Rosi spürt den Geruch von Peters Rasierwasser in ihrer Nase, er genießt ihr aufreizendes Parfüm.

Und wieder küssen sie sich.

Sie sehen nicht, wie Orlando wutentbrannt zwei Zwei-Euro-Stücke aus der Anzugjacke zieht und sie neben seine Tasse knallt. Zur Hälfte ist diese noch mit leckerem Cappuccino gefüllt, aber Orlando ist der Appetit gründlich vergangen.

Hastig stürzt er aus dem Café.

33. Kapitel

Versöhnen und verzeihen ist der beste Weg zum Frieden untereinander – das merkt auch Orlando, als er Rosis Abschiedsbrief in seinem Briefkasten findet. Sie weiß ja seinen Nachnamen, und so war es einfach, im Telefonbuch seine Adresse zu finden.

„Ich traf Peter wieder nach langen Jahren – und es war Liebe auf den ersten Blick. Leider geschah alles, als ich gerade auf dich wartete", schreibt sie.

Orlando schluckt. Zwischen ihm und Rosi wäre sowieso nie eine feste Beziehung entstanden. Ihre übertriebene Liebe zur Natur fiel ihm sofort auf die Nerven, und mit Unterrichtsmethoden über das „uuuuh" konnte er nichts anfangen. Dennoch packt ihn der Neid – Rosi ist am Ziel, schneller, als erwartet. Ohne viel Geld für eine Kontaktanzeige zu investieren.

Er findet es fair, dass sie ihm eine Erklärung gegeben hat. Und somit legt er das Kapitel „Rosi" zu den Akten.

Rosi hat tatsächlich einen Glückstreffer gelandet. Schon nach einem halben Jahr stehen sie und Peter im Standesamt und geben sich das Ja-Wort.

Ihre Ehe verläuft glücklich – sie erforschen die Natur, gehen an den bayerischen Seen spazieren und fahren im Urlaub nach Österreich und in den Schwarzwald. Außerdem setzen sie zwei prächtige Kinder in die Welt – einen Jungen und ein Mädchen.

Aber das ist eine andere Geschichte.

34. Kapitel

Pünktlich um 19 Uhr findet sich Orlando in einer Pizzeria in der Nähe des Pragsattels in Stuttgart ein. Dort hat er sich mit Miriam verabredet.

Es ist das erste Mal, dass Orlando diese Pizzeria besucht. Dorthin zu gehen, war ein Vorschlag von Miriam, die diese Pizzeria wärmstens empfahl.

Orlando gefällt das Ambiente sofort. Es gibt einen Raum mit Holzboden und mit dunklen Holztischen und dunklen Stühlen aus Holz, auf denen rote Polster aus Kunstleder sind. Das ist der Raum, in dem man speisen kann. Der Raum ist hell, da er viele Fenster hat. An den Fenstern hängen keine Vorhänge.

Die Wände sind dunkel, aber auch teilweise tapeziert mit einer helleren Tapete. Dort hängen einige Bilder von Prominenten. Orlando erkennt Humphrey Bogart und Marilyn Monroe, den Rest der gezeigten Personen hat er noch nie gesehen. Offensichtlich sind oder waren es ebenfalls Prominente.

Es ist noch Sommer, also besteht die Möglichkeit, draußen zu speisen. Zu diesem Zweck stehen draußen Tische und Stühle für die Gäste.

Orlando jedoch nimmt im Gastraum Platz. Neben sich platziert er die neueste Ausgabe der Zeitschrift „Focus". Miriam ist noch nicht da, aber sie soll ihn gleich finden und nicht erst lange im Gastraum und im Garten herumirren, bis sie ihn findet. Sonst könnte es ja auch passieren, dass sie ihn nicht sieht und schnell wieder abhaut.

Ein Kellner nähert sich schnell.

„Möchten Sie etwas zu trinken?", fragt er und überreicht Orlando die Speisekarte.

Orlando bestellt eine große Apfelschorle und studiert die Speisekarte. Es gibt Pizzen, Spaghetti, Lasagne, Gnocchi – eben alles, was man in einem italienischen Restaurant erwarten kann.

Unterdessen platziert der schnelle Kellner vor ihm einen Aufsteller, auf dem Orlando nachlesen kann, welche Tagesgerichte man anzubieten hat. Es handelt sich hier um Gerichte, die nicht auf der Speisekarte stehen.

Allerdings ist Orlando nicht interessiert an einem Gericht mit Gnocchi zu 12,50 Euro, und die dort angepriesene Pizza zu 13,50 Euro will er ebenfalls nicht haben. Er wählt die „Pizza Rucola" für 11,50 Euro aus der Speisekarte und wundert sich, dass Miriam noch nicht da ist. Immerhin ist es schon 19.10 Uhr.

Sobald Orlando seine Bestellung aufgegeben hat, verschwindet auch der Aufsteller mit den Tagesgerichten vom Tisch.

Innerhalb von fünf Minuten hat Orlando die bestellte Apfelschorle vor sich stehen. Die bestellte Pizza mit Rucola und Tomaten wird ihm 15 Minuten nach Bestellung serviert.

‚Jetzt fehlt nur noch Miriam', denkt Orlando zum wiederholten Male und „kämpft" mit seiner Pizza. Sie ist groß und belegt mit frischem Rucola, frischen Tomaten und frischem Käse.

Es ist interessant, dass diese Zutaten auf dem gebackenen Pizzaboden verteilt wurden – also nicht gebacken sind. Das sieht aus wie Pizza mit Salat obendrauf. Dennoch ist die Pizza warm – so warm, wie eben Pizza sein soll – und sie schmeckt auch sehr gut.

Die Pizza muss sehr gut gekaut werden, stellt Orlando fest. Sie ist aber nicht zu trocken. Orlando ist also 30 Minuten ungefähr mit dem Pizzaessen beschäftigt. Währenddessen beobachtet er die Personen an den Nachbartischen. Viele sind es noch nicht. Dabei fasst der Gastraum ungefähr 30 bis 40 Gäste.

Zwei Pärchen sitzen an zwei Tischen und unterhalten sich angeregt. An zwei weiteren Tischen sitzen jeweils zwei Männer. Vielleicht sind es Geschäftsreisende oder Singles, überlegt Orlando.

Endlich stürmt eine Frau durch die Eingangstür. Sie hat braune lange Haare. In einer Hand schwenkt sie die neueste Ausgabe des Nachrichtenmagazins „Focus" hin und her.

Orlando sieht sie zunächst nicht, denn er sitzt nicht in ihrem Blickfeld. Sie rast zu einem der beiden alleine sitzenden Männer und sieht offensichtlich nach, was sie auf ihrem Tisch liegen haben. Die Zeitschrift „Focus" ist es jedenfalls nicht.

Orlando will winken und rufen – er will auf sich aufmerksam machen. Aber da dreht sich Miriam zu ihm um und stürmt an seinen Tisch.

„Hallo!" Sie streckt ihm eine verschwitzte Hand entgegen. „Ich bin Miriam und du musst Orlando sein, stimmt das?" Sie lacht und wirft ihre braunen Haare nach hinten. „Sorry, dass ich zu spät komme, aber mir ist mein Bus vor der Nase wegge-fahren – und der nächste fuhr erst 20 Minuten später…"

Orlando schüttelt die ihm dargebotene Hand und staunt. Diese Dame ist wie ein Wasserfall – die Worte sprudeln aus ihr heraus, sie spricht, ohne dass er ein Wort gesagt hat. Oder: ohne dass er zur Sprache kommt.

Sollte er hier etwa eine „zweite Rosi" vor sich haben? Eine Alleinunterhalterin, die ihn nicht zu Wort kommen lässt und ihm dauernd den Eindruck vermittelt, dass er sie nicht ver-steht? Sollte Miriam tatsächlich solch eine Frau sein, so sieht er für sie beide keine gemeinsame Zukunft.

„Aber – hey, sorry", entschuldigt sich Miriam. „Ich rede hier die ganze Zeit und du hast noch kein Wort gesagt!"

„Danke", nickt Orlando und fühlt sich etwas versöhnt. „Ja, ich bin Orlando – und dass wir uns duzen, wusste ich noch nicht."

„Hey, warum so förmlich?", lacht Miriam. „Dort, wo ich tä-tig bin, duzen sich fast alle. Außer meinen Chef – den duze ich natürlich nicht! Aber, wenn du das SIE vorziehst, können wir auch gerne beim Sie bleiben!"

„Ja, für den Anfang wäre es mir schon recht", antwortet Orlando und wundert sich über seine eigene Förmlichkeit. „Wenn wir uns etwas besser kennen, können wir uns gerne duzen."

„Okay!" Miriam nickt. „Kein Problem. Dann sage ich jetzt Sie und Herr Kromway?"

„Nein, wir können beim Vornamen bleiben. Vornamen und Sie, bitte!"

„Okay!" Miriam nickt wieder. Das Lockere, etwas amerika-nische Benehmen scheint zu Miriam zu gehören, stellt Orlando fest. Vielleicht entwickelt sich zwischen ihnen beiden doch eine ganz nette Freundschaft – oder sogar mehr.

Der Kellner nähert sich – es ist derselbe, der bereits Or-lando bediente. Orlando bestellt sich nochmals eine große Apfelschorle und empfiehlt Miriam die „Pizza Rucola". Sie ist allerdings gewillt, das Tagesangebot, nämlich die Gnocchi zu 12,50 Euro zu probieren.

Dann unterhalten sie sich. Miriam erzählt Orlando von ihrem Job auf einem Pfarramt. Sie ist dort Sekretärin, kocht Kaffee und hat viel zu organisieren.

„Erstaunlich, wie viel Arbeit es zu erledigen gibt, bis ein Gottesdienst stattfinden kann!", bemerkt Orlando. „Steht Ihnen dafür auch ein Computer zur Verfügung?"

„Klar!", lacht Miriam. „Auch die Pfarrämter verfügen über moderne Büros. Mein Chef hat sogar einen eigenen Computer, um seine Predigten niederzuschreiben".

Beschämt stellt Orlando fest, dass er schon seit Ewigkeiten keinen Gottesdienst mehr besucht hat.

„Besuchen Sie jeden Sonntag den Gottesdienst Ihres Chefs?", fragt er.

„Nicht immer", antwortet sie. „An manchen Sonntagen schon, an anderen nicht. Mein Chef predigt ja nicht jeden Sonntag in derselben Kirche – es gibt ja in der evangelischen Kirche auch Kanzeltausch. Und manchmal verspüre ich das Verlangen, in einer anderen Kirche einen Gottesdienst zu hören. In Stuttgart gibt es viele gute Gottesdienste, da ist die Auswahl groß! In welche Kirche gehen Sie denn?"

„Im Moment in gar keine!" Orlando schluckt. „Nicht mal an Weihnachten und an Ostern. Da liege ich meistens länger im Bett und schlafe aus".

„So wie viele Menschen!" Miriam schüttelt den Kopf. „Dabei bieten die Kirchen so viel und verdienen es nicht, ignoriert zu werden! Es gibt ja nicht nur die Gottesdienste. Es gibt auch Glaubenskurse, Konzerte, Kirchenfeste und Hauskreise!"

„Hauskreise? Was ist denn das?"

„Nun, eigentlich handelt es sich um Hausbibelkreise. Aber die meisten Leute sagen ‚Hauskreise' dazu. Das sind Kleingruppen – also Gruppen mit ungefähr 10 bis 12 Teilnehmern. Jeder hat eine Bibel dabei und man redet einige Zeit über einen bestimmten Bibeltext. Der Text wird gelesen – und danach versuchen die einzelnen Teilnehmer, ihn zu interpretieren. Das kann sogar eine Art Lebenshilfe sein!"

„Lebenshilfe? Das klingt interessant!", meint Orlando und nimmt einen Schluck seiner Apfelschorle. „Ich wusste nicht, dass die Kirchen so vielseitig sind. Irgendwie habe ich seit Jahren das Interesse an der Kirche verloren. Ich bin zwar evangelisch – aber nur ein Christ auf dem Papier…"

„Solange Sie sich nicht zu Jesus bekehrt haben, sind Sie sowieso kein Christ!", korrigiert ihn Miriam. „Aber das kann ich Ihnen irgendwann mal genauer erklären. Vielleicht, wenn ich gegessen habe!"

Sie lacht und deutet auf ihr Essen, das gerade gebracht wird. Der Teller ist total heiß. Der Kellner warnt, ihn mit bloßen Händen anzufassen. Miriam nimmt ihr Besteck und stochert vorsichtig in ihren Gnocchi herum, die in einer verführerischen weißen Sahnesoße schwimmen.

Auf einmal ist Stille zwischen ihnen. Miriam ist mit ihrem Essen beschäftigt, und Orlando überlegt sich, was er von ihrem Gespräch bis dahin halten soll.

Was ihm an Miriam gefällt, ist, dass sie so locker ist und ihn gleich duzen wollte. Er aber will die Freundschaft zwischen ihnen erst einmal wachsen sehen, bevor er sich zu mehr Vertraulichkeiten durchringen wird.

„Und – was machen Sie so? Erzählen Sie doch mal!", ermuntert ihn Miriam, während sie vorsichtig ihre heißen Gnocchi kaut.

„Okay!", meint Orlando und lächelt. Diese Miriam wird ihm immer sympathischer. Sie erzählt nicht nur von sich, sondern kann auch anderen Menschen zuhören. Er erzählt ihr von seinem Job als Verkaufsingenieur in einer Maschinenfabrik und davon, dass er ab und zu Nachhilfe in Mathematik und in Physik in einem der vielen Filialen eines namhaften Nachhilfeinstituts gibt.

Als sie sich voneinander verabschieden, ist es 22.30 Uhr, und sie sind beide erstaunt, wie schnell die Zeit verflogen ist.

Gut haben sie sich verstanden, der Abend war gelungen – und natürlich wollen sie sich wiedersehen.

35. Kapitel

Schon den ganzen Morgen fühlt sich Beatrix Pfifferling schlecht. Liegt es daran, dass sie ein literarisch wertvolles Manuskript aus Deutschland ablehnen musste – wieder einmal? Dagegen müsste die Amerikanerin Debbie Wastepaper jubeln, deren Buch „Liebe im Schlafwagen" vom Verlag EIMER & PARTNER akzeptiert wurde. In Amerika schlug dieses Buch zwar nicht so ein, wie erhofft, aber vielleicht lässt sich dieses Werk dem deutschen Leser schmackhaft machen.

In der Frühstückspause hängt Beatrix über der Kloschüssel aus weißem Keramik und spuckt ihren gesamten Mageninhalt hinein. Nur gut, dass Fabian dies nicht sieht – heute Morgen zauberte er ein beeindruckendes Frühstück auf den Tisch. Enthielt vielleicht das Frühstücksei Salmonellen?

Beatrix' Magen ist wie leer gepumpt, und sie fühlt sich besser. Sie nimmt sich vor, den ganzen Tag wenig zu essen. Am Abend hat sie sich nämlich wieder mit Orlando verabredet – ihn möchte sie nicht noch einmal enttäuschen.

Irgendwie steht sie den Tag durch, hängt über ausländischen Manuskripten und studiert diese. Sie wolle mit ihrer Schulfreundin durch Geschäfte in der Innenstadt bummeln, erzählte sie Fabian. Und deswegen fährt sie nach der Arbeit nicht nach Hause, sondern bleibt sofort in der Stadt.

Beatrix hegt ein immer schlechteres Gewissen gegenüber Fabian. Hoffentlich erfährt er nichts von Orlando. Wenn sie könnte, würde sie ihre Antwort auf dessen Kontaktanzeige rückgängig machen. Fabian verwandelt sich Schlag auf Schlag in ihren Traummann – ein Mann, der eine Frau nach Strich und Faden verwöhnt, sich mehr Zeit nimmt – und trotzdem noch an seiner Software arbeitet. Die Firma hat in kürzester Zeit einen erstaunlichen Aufschwung zu verzeichnen!

„Daran ist sicherlich unser ausgeprägtes Liebesleben schuld", erklärte Fabian erst gestern Beatrix, als er stolz prahlte, welche Aufträge man wieder an Land gezogen habe.

Beatrix äußerte sich nicht dazu und gab sich ihm hin.

Trotzdem trifft sie heute Orlando – wieder im „Café Sonnenstrahl". Sie sind beide pünktlich und setzen sich gegenüber an einen Tisch.

Sie duzen sich sofort. Wann haben sie damit begonnen? Bei ihrem ersten Treffen – oder erst am Telefon, als Beatrix sich bei Orlando entschuldigte? Mit dem „Du" unterhält es sich leichter.

„Wie geht es dir jetzt?", fragt Orlando besorgt.

„Gut!" Beatrix nippt an ihrem Orangensaft. Sie lügt nicht – ihre morgendliche Übelkeit hat sie bisher gut verkraftet.

„Und wie war die Arbeit?"

Sie lächelt. „Hatten wir nicht vereinbart, dieses Thema auszusparen?"

Orlando schüttelt den Kopf. „Gut aufgepasst! Allerdings dachte ich, dieses Verbot träfe nur auf unser erstes Treffen zu."

Sie seufzt. „Okay – du hast gewonnen!"

Tief atmet sie die rauchgeschwängerte Luft ein – am Nebentisch sitzt ein Kettenraucher und bläst versonnen weiße Kringel in den Raum. Eigentlich soll man in diesem Café nicht rauchen, sondern nach draußen gehen, wenn man Gelüste dazu verspürt. Allerdings ist es nicht Sache von Beatrix und Orlando, den Raucher zu ermahnen. Das muss schon jemand vom Personal tun.

Kurz erfasst Beatrix ein Anflug von Übelkeit, aber sie mahnt sich zur Vernunft und beginnt zu erzählen.

„Schreiben ist wie Lottospielen", endet sie. „Man braucht Beziehungen, um veröffentlicht zu werden..."

„Da ist es in meinem Job wirklich einfacher." Anteilnehmend blickt er in ihre Augen. „Ich schreibe Angebote – und diese werden gelesen."

Sie lächelt. „Dann musst du ein sehr glücklicher Autor sein..."

Er lacht laut und schallend. Diese Unterhaltung gefällt ihm und entschädigt ihn für Rosi, für Anita und das versäumte Treffen mit Beatrix von letzter Woche.

Nein, als Autor hat er sich noch nie gefühlt – er ist Verkäufer, und er produziert Literatur für seine Kunden.

Beatrix findet diesen Vergleich nett.

„Du produzierst Literatur in sehr niedriger Auflage – dafür aber individuell!"

Wieder lacht er. Und dann erzählt er ihr von Koreanern, die Dinge wollen, die sich nicht bekommen dürfen und dauernd mit Papier und Bleistift hinter ihm her stiefeln, wenn er eine Maschine demonstriert. Er erzählt von russischen Kunden, die Wert auf billige Hotelzimmer legen. Und von Polen und Tschechen, die bei jedem Besuch eine Runde Wodka oder Schnaps erwarten und sich oft als ausgeprägte Kettenraucher entpuppen.

„Du erlebst wirklich viel – triffst Menschen unterschiedlichster Nationalitäten!" Beatrix staunt. „Ich lese nur die Werke solcher Menschen, aber ich treffe sie nicht."

„Das ist richtig. Und abends, wenn ich die Kunden ab und zu zum Essen in ein gutes Lokal ausführe, verraten sie mir mehr aus ihrem Privatleben. Sie erzählen mir, wie man wirklich in den Ländern lebt, wo sie wohnen."

Beatrix lauscht fasziniert. Obwohl sie zu dem Schluss kommt, dass sie nie Maschinen verkaufen könnte. Sie fühlt sich wohl in ihrem Büro, umgeben von vielen Papierstapeln. Auch wenn sie nicht die Entscheidungsfreiheit besitzt, die sie sich wünscht.

Anschließend gehen sie in eine Disco. Diese Entscheidung fällt spontan, und Beatrix hatte Fabian sowieso nicht gesagt, wann sie nach Hause zurückkehren wird.

Um 21 Uhr ist noch nicht viel los, und auch die Kettenraucher sind noch nicht eingetroffen. So erwartet Beatrix und Orlando eine angenehme, ruhige Atmosphäre in der Disco „Buttercup".

Bei gefälliger Musik aus den Sechzigern können sie weiterplaudern – Beatrix erzählt von ihrer Reise in die USA im letzten Sommer, Orlando von seiner Rucksacktour durch Neuseeland. Nur seine verflossenen Liebhaberinnen erwähnt er nicht – warum sollte er auch?

Auch Beatrix spricht nicht über Fabian. Aber sie merkt, wie sie ihn plötzlich vermisst. Gerade haben sie sich zu Hause ein schönes gemeinsames Leben aufgebaut. Vielleicht wird es Zeit, wieder mit ihm auszugehen.

Die Disco füllt sich, auch die Tanzfläche.

Verstohlen blickt Beatrix auf wippende Hüften und schwingende Körper und Arme. Sie erfasst das Verlangen, sich unter die ausgelassenen Leute zu mischen – einfach mitzumachen.

„Hast du Lust zum Tanzen?", fragt sie Orlando.

„Tanzen nennst du das?" Er schüttelt den Kopf. „Diese Leute bewegen sich eher, als ob sie ein elektrisches Stromkabel berührt hätten."

Orlando hat keine große Lust zum Tanzen. Was soll er auch als 40-jähriger reifer Mann inmitten des vorwiegend „jungen Gemüses"? Wird er sich nicht eher blamieren?

„Ach bitte, sei kein Spielverderber!" Beatrix berührt seine rechte Hand. Es ist das erste Mal, dass sie dies tut – und er blickt wie elektrisiert auf.

„Okay – gehen wir!" Er steht hastig auf und umklammert ihre Hand. Sie sieht ihn erschrocken an. Vielleicht hätte sie ihn doch nicht fragen sollen.

Aber nun haben sie damit angefangen, und sie gehen auf die Tanzfläche. Sie mischen sich unter die Tanzenden, die bereitwillig Platz machen. Scheu legt Orlando seine Hände auf Beatrix' Schultern, und sie umfasst seine Taille.

Sie stehen da und wippen leicht im Takt – und bleiben zunächst auf Distanz. Mehr getrauen sie sich immer noch nicht, auch als sie von Körpern geknufft werden, wedelnde Arme über ihre Haare streichen und knackige Jeans-Hintern in ihr Blickfeld rücken.

Beatrix' Hände liegen immer noch unbeweglich auf Orlandos Taille, während eine seiner Hände langsam ihren Rücken hinunter wandert und schließlich auf einer ihrer Pobacken liegen bleibt.

Beatrix spürt nur eine große Männerpranke, die plötzlich auf ihrem Hintern ruht. Sie spürt die Wärme dieser Männerhand, die durch ihre Jeans sickert. Aber sie spürt kein erotisches Prickeln, das sie vielleicht verspüren sollte.

Sie spürt gar nichts – und sehnt sich nur nach Fabian.

36. Kapitel

Unsanft reißt der Wecker morgens Beatrix aus dem Schlaf. Sie ist müde. Aber es hilft nichts – die Arbeit ruft.

Auch Fabian steht auf. Fabian, der immer ordentlicher wird. Er bringt nicht mehr alles in Unordnung, was sie liebevoll arrangiert und gesäubert hat. Die gemeinsame Wohnung sieht immer gemütlicher aus und nicht mehr wie eine Räuberhöhle.

Fabian frühstückt mit ihr – eine Tatsache, die vor Monaten noch undenkbar gewesen wäre. Da er keine festen Arbeitszeiten einhalten muss, schlief er sonst lange aus.

Dies ist jetzt vorbei – das tägliche gemeinsame Frühstück ist zum Ritual geworden, auf das sich beide freuen.

„Na – wie war der Abend mit deiner Schulfreundin? Habt ihr viel eingekauft?", fragt Fabian gutgelaunt.

„Leider haben wir nicht das Passende gefunden!" Beatrix greift nach einer Scheibe Toast. „Sabine suchte nach einem

Hosenanzug, ich nach einem Blazer. Aber diese Sachen sind sündhaft teuer!"

„Aha!" Fabian beißt in sein Brot mit Erdbeermarmelade. Seine linke Hand fasst beiläufig in die Tasche seines dunkelblauen Frotteebademantels und zieht einen weißen Umschlag heraus. „Du hast gestern Post bekommen!"

Beatrix runzelt die Stirn. Ihre Blicke hellen sich auf. Post vom Verlag DER LITERARISCHE BAHNHOF in Hamburg! Der DIN-C-5-Umschlag lässt darauf schließen, dass diesmal ihr Manuskript nicht abgelehnt wurde!

Hastig schlitzt sie mit dem Griff des Kaffeelöffels den Umschlag auf, zieht mehrere beschriebene Seiten heraus und liest atemlos:

„Sehr geehrte Frau Pfifferling,

wir bedanken uns für Ihr Schreiben und für das sehr lesenswerte und interessante Manuskript.

Unser Lektorat hat sich stichprobenhaft mit Ihrer Arbeit befasst und ist zu einer sehr positiven Einschätzung gelangt. Wir glauben auch, dass Ihr Manuskript gut in unser Verlagsprogramm passen würde."

Beatrix hält inne – hat ihre Suche nach einem Verlag endlich ein gutes Ende gefunden?

„Was steht in dem Brief?", fragt Fabian, der aufmerksam ihr Mienenspiel beobachtet hat.

„Ich lese ihn dir vor", meint Beatrix und wiederholt nochmals die ersten Sätze. Je weiter sie liest, desto bleicher wird sie. Nein, das hört sich ja alptraumhaft an!

„Gern übermitteln wir Ihnen hier die Eckdaten unserer Kalkulation in Verbindung mit dem Veröffentlichungsangebot.

Erstauflage 1.000 Exemplare, wobei hier ein Zuschuss zu den Produktionskosten in Höhe von 5.000 Euro zuzüglich 19 Prozent Mehrwertsteuer zu bezahlen wäre. Im Zuschuss sind 40 Freiexemplare enthalten, der Ladenverkaufspreis würde bei etwa 12,50 Euro liegen.

Bei der ersten Auflage wird kein Honorar gezahlt, während bei Folgeauflagen, die stets voll vom Verlag finanziert werden, ein Honorar von 10 Prozent gezahlt wird. Sofern Sie über die 40 Freistücke hinaus weitere Exemplare benötigen, können Sie diese bei uns mit einem Autorenrabatt von 30 Prozent vom Ladenverkaufspreis beziehen."

Beatrix schießen die Tränen in die Augen, und mit zittriger Stimme liest sie weiter:

„Ein Honorar entfällt bei der Erstauflage auch deshalb, weil davon – um Autorennamen und Buchtitel bekannt zu machen – große Stückzahlen als Freiexemplare abgegeben werden müssen – als Besprechungsexemplare für Zeitungen, Zeitschriften, Pressedienste, Rundfunk- und Fernsehanstalten, als kostenlose Lese- und Schaufensterexemplare in Buchhandlungen, als kostenlose Belegexemplare für Titelaufnahmen in buchhändlerischen Katalogen..."

Beatrix lässt den Brief sinken.

„Fabian – ich habe doch keine 5.000 Euro plus Mehrwertsteuer..."

Fabian greift nach ihrer Hand.

„Mein armer Liebling – ich weiß, dass dein Buch gut ist. Möchtest du nicht nochmals mit deinem Chef sprechen, ob euer Verlag zu einer Veröffentlichung bereit ist?"

„Es hat doch keinen Wert", flüstert sie. „Von Verlagen, wie DER LITERARISCHE BAHNHOF, habe ich schon gehört. Sie knöpfen den Autoren viel Geld ab, nur damit ein Buch endlich veröffentlicht wird. Sie wollen auch Geld für Werbung, obwohl sie keinen Cent davon für Werbung einsetzen – die großen Verlage haben bessere Mittel, ihre Autoren bekannt zu machen. Und – wenn du einmal bei einem dieser so genannten ‚Zuschussverlage' ein Buch veröffentlicht hast, findest du erst recht keinen seriösen, großen Verlag für künftige Buchprojekte..."

„Was wirst du tun?", fragt Fabian besorgt.

„Mein Manuskript zurückfordern", antwortet sie beinahe tonlos. Übelkeit erfasst sie, und sie stürzt auf die Toilette.

Fabian blickt ihr kopfschüttelnd nach. Irgendwas stimmt mit ihr nicht. Und daran kann nicht nur das „tolle Verlagsangebot" schuld sein.

Fabian ist sich sicher, dass der wahre Grund woanders liegt. Sein Verdacht wird bestätigt, als er an der Toilettentüre lauscht.

Er hört, wie sich Beatrix übergibt.

37. Kapitel

In Beatrix' Gedächtnis kreist unaufhörlich ihr Manuskript, während sie in ihrem Büro sitzt.

Orlando hat sie bereits vergessen. Im Moment jedenfalls. Außer seiner Hand auf ihrem Po passierte gestern Abend nichts mehr – sie verließen die Tanzfläche. Beatrix verabschiedete sich hastig – sie müsse heim, um nicht zu spät ins Bett zu kommen.

Eines schafft sie heute jedenfalls – sie lässt sich bei ihrem Arzt einen Termin geben. Vielleicht leidet sie an einem Magengeschwür?

In zwei Tagen wird sie Bescheid wissen.

38. Kapitel

Schlecht gelaunt ist nicht die richtige Bezeichnung für Orlandos Gemütszustand. Kein Wunder, sein Annäherungsversuch bei Beatrix scheiterte kläglich. Offensichtlich fand sie keinen Gefallen an seiner Hand auf ihrer Pobacke. Vielleicht aber reagiert er zu ungeduldig.

Nächste Woche wird er Beatrix anrufen.

Im Büro läuft alles chaotisch. Am liebsten würde er Jennifer an die Wand klatschen, da sie ihm immer mehr demonstriert, dass sie Angelika nur aus Gnade vertritt und er sie gefäl-ligst nicht mit Arbeit belästigen soll.

Sie reißt ihm unwirsch seine Angebote aus der Hand und verschickt sie – per Fax oder per Post. Er kann nur hoffen, dass sie alles richtig macht.

Ach – wäre nur Angelika wieder da!

Abends bemerkt er wieder die schöne schwarz gelockte Dame an der Stadtbahnhaltestelle. Seit langem einmal wieder. Nur – diesmal ist sie nicht alleine. Und dies versetzt ihm einen Stich. In Schlepptau hat sie einen aparten Mittvierziger, ge-pflegt und rasiert, der ihr ständig Küsschen auf die rosigen Wangen haucht.

„Ich hätte schneller und mutiger sein müssen!," denkt Or-lando reumütig. Die Dame war wohl monatelang „zu haben", aber welcher Mann wagt schon anzunehmen, dass ein solch reizvolles Wesen solo sein könnte?

Orlando ärgert sich. Er ärgert sich, als er in die Stadtbahn steigt. Er ärgert sich während der Fahrt nach Hause.

Er ärgert sich so sehr, dass er fast vergessen hätte, dass er heute zwei Nachhilfestunden in Mathematik geben muss. Er hat das Herrn Maximilian Mordhorst zugesagt.

39. Kapitel

Richtig sauer ist Orlando. So sehr ärgert er sich, dass er Angelika beneidet, die sich auf Gran Canaria in der Sonne räkelt.

Was er jedoch nicht ahnt, ist, dass auch Angelika nicht ge-rade den glücklichsten Urlaub ihres Lebens erlebt. Dabei be-ginnt alles so positiv.

In einer Bar lernt sie einen gut aussehenden deutschen Geschäftsmann kennen. Er verwickelt sie in eine angeregte Unterhaltung und lotst sie in sein Bett.

Angelika ist selig, verliebt bis über beide Ohren. Dieser Zustand währt zwei Tage – und zerspringt jäh wie dünnes Glas, als jener Liebhaber Angelika folgendes Geständnis macht:

„Ich bin verheiratet und habe zwei Kinder. Die Zeit mit dir, Angelika, möchte ich nicht missen. Aber meine Frau werde ich nie verlassen!"

Angelika bricht in Tränen aus – versetzt diesem Herrn eine Ohrfeige und flüchtet aus seinem Zimmer. Von Mittvierzigern, die auf Geschäftsreise sind, hat sie gründlich die Nase voll. Warum fällt sie immer auf die falschen Männer herein?

Sie sucht Trost – am Meer, am Strand und bei Wanderungen. Ein spanischer Barkeeper verliebt sich in sie und haucht heiße Liebesschwüre in ihr Ohr:

„Ich liebe dich – bitte, nimm mich mit nach Deutschland!"

Sie schreckt zurück, denn sie hat Angst. Angst davor, diesen Mann in Deutschland durchfüttern zu müssen.

Und wieder flüchtet sie – flüchtet vor den hungrigen Blicken dieses Barkeepers und getraut sich in keine einzige Bar mehr.

Ihre Haut wird knackig braun – sie wirkt erholt. Aber innerlich fühlt sie sich leer und zerrissen.

Kein Wunder, dass sie sich freut, als sie an einem windigen Herbsttag wieder auf dem Flughafen Leinfelden-Echterdingen, dem Stuttgarter Flughafen, landet.

40. Kapitel

Freitag – für viele Leute ist das DER Freudentag der Woche. Können sie sich doch, nach einer stressigen Arbeitswoche, noch auf das Wochenende freuen. Bei Orlando ist es nicht so, denn er gibt ja noch Nachhilfe bei DAS GEODREIECK in Stuttgart-Feuerbach. Bis zum Wochenende muss er sich also noch etwas gedulden. Aber dieses Extrageld, das er bei DAS GEODREIECK verdient, gibt ihm mehr finanziellen Spielraum für das Leben in Stuttgart. Oder genauer gesagt: für das Überleben in Stuttgart.

Die drei Schüler, die er am Freitagnachmittag hat, sind alle lernbegierig. Zwei von ihnen konnten sogar ihre Noten im Fach Mathematik verbessern und werden im nächsten Schuljahr die Nachhilfe nicht mehr benötigen. Das ist gut, findet Orlando, denn er will ja keine „Dauerpatienten" in der Nachhilfe haben. Den Schülern soll geholfen werden, sich selbst zu helfen – also selbst mit dem Schulstoff klarzukommen. Und zwar so gut, dass sie bald die Nachhilfe nicht mehr brauchen.

Zuerst fragt Orlando nach den Hausaufgaben. Alle drei Schüler haben eine Menge Hausaufgaben auf und Orlando versucht, jedem von ihnen so gut er kann zu helfen. Am besten wäre es, wenn er bei 90 Minuten Nachhilfe für jeden Schüler 30 Minuten erübrigen könnte – aber ganz so einfach ist es nicht. Manchmal benötigt Nico mehr Hilfe als Markus und Timo. Dann ist wieder Timo der Schüler, der am meisten Aufmerksamkeit benötigt, weil er Probleme mit der Geometrie hat. Es gibt aber auch Tage, an denen Markus ein Problem mit Algebra hat, obwohl er sich um eine Note verbessern konnte und die Versetzung in die nächste Klasse auf jeden Fall schaffen wird.

Gibt es neben den Hausaufgaben noch Zeit, so hat Orlando einige Mathe-Aufgaben für die Schüler bereit. Für jeden der drei Schüler nach seinen Bedürfnissen. Und das ist gut. So ist Orlando immer bestens vorbereitet auf die Nachhilfe.

Nach den 90 Minuten Nachhilfe ist es 17.30 Uhr – und Orlando fühlt sich ausgepowert. Schon der Arbeitstag in der Maschinenfabrik war Stress pur – und die Mathematik-Nachhilfe verlangte ebenfalls viel Konzentration und Einfühlungsvermögen von ihm ab.

Da kommt Herr Mordhorst zur Türe des Raums hinein, in dem Orlando sitzt.

„Könnten Sie heute noch ausnahmsweise 45 Minuten dranhängen, Herr Kromway? Ich habe einen Schnupperschüler für Mathematik hier – siebte Klasse Realschule!"

Orlando fühlt sich kaputt – aber er ist gewillt, noch 45 Minuten mit dem „Schnupperschüler" zu arbeiten.

„Schnupperschüler" – das sind Nachhilfeschüler, die mit einem Nachhilfeinstitut noch keinen Vertrag eingegangen sind, sondern erst mal eine oder mehrere kostenlose Probestunden bekommen. So können sie und ihre Eltern feststellen, ob die angebotene Nachhilfe und auch die Nachhilfelehrerin oder der Nachhilfelehrer passend für sie sind.

Orlando ahnt nichts Böses, als Herr Mordhorst ihm Norbert vorstellt. Norbert, ein Realschüler aus Klasse 7, dem Orlando zeigen wird, wie man Rechenaufgaben nach dem „Dreisatz" lösen wird. Einfach ist das, denkt Orlando – und gibt sein Bestes, dem Schüler Norbert alles zu zeigen. Lernbegierig ist Norbert, er macht gut mit. Orlando lobt ihn immer wieder und ist zufrieden, als er um 18.15 Uhr endlich das Nachhilfeinstitut verlässt.

Er ist sich sicher, dass Norbert und seine Eltern Nachhilfestunden für das Fach Mathematik bei DAS GEODREIECK buchen werden.

41. Kapitel

Herzlichen Glückwunsch – Sie sind schwanger!" Gut gelaunt wäscht sich Herr Dr. Kluncker, Frauenarzt in der Nähe des Stuttgarter Bahnhofs, die Hände.

Oh nein! Beatrix wird schwindlig. Was – kein Magengeschwür, kein Blinddarmproblem, sondern ein Baby?

Fabian wird sich jedenfalls freuen. Er wollte schon immer ein Kind. Wie schusslig von ihr, dass sie in den letzten Wochen vor lauter Stress versäumte, die Pille zu nehmen. Dank Fabians stürmischer Liebesattacken vergaß sie völlig, auf ihre Periode zu achten.

„Na – freuen Sie sich, Frau Pfifferling?", unterbricht der Arzt ihre Gedanken.

„Immer noch Fräulein Pfifferling, bitte!", berichtigt Beatrix forsch.

Der Arzt stutzt.

„Ich hoffe doch, Sie werden Ihr Kind nicht alleine großziehen müssen?"

„Nein, nein!" Beatrix schüttelt den Kopf. „Mit dem Vater des Kindes teile ich schon seit Jahren eine Wohnung. Der Vater ist ganz wild auf Kinder – er wird kräftig bei der Erziehung mitwirken!"

Herr Dr. Kluncker lächelt:

„Na – dann ist doch alles in bester Ordnung! Freuen Sie sich!"

Beatrix weiß nicht, ob sie sich freuen soll. Kinder wollte sie eigentlich nie haben, aber vielleicht kann sie sich mit der Zeit für das kleine Wesen in ihrem Bauch erwärmen.

Fabian freut sich tatsächlich riesig, umarmt Beatrix und haucht ihr einen Kuss auf den Mund.

„Liebling – nein, wie wundervoll! Ich werde Vater!"

Innig drückt er sie an sich und küsst sie wieder.

Zärtlich fasst er auf ihren Bauch.

„Wenn es zum ersten Mal strampelt, lasse es mich wissen! Plötzlich sieht er sie besorgt an.

„Liebling, du musst dich jetzt schonen!"

„Nein, nein – so schlimm ist es nicht!" Sie lächelt. „Ich werde noch weiterarbeiten, und vielleicht kann ich, wenn das Kind geboren ist, auch zu Hause als Lektorin arbeiten."

„Ach, Beatrix, denke doch nicht immer an deinen Verlag!" Fabian macht eine wegwerfende Handbewegung. „Mach' doch mal Pause! Dann musst du dich nicht über schlechte Manuskripte aufregen..."

Beatrix überlegt. Finanziell stehen sie und Fabian nicht schlecht da – vorwiegend dank der Software, an der er arbeitet. Aber soll sie immer mehr den Kontakt zu ihrem Beruf verlieren – wegen eines Kindes?

Dazu hat Beatrix noch lange Zeit zum Überlegen. Störend in ihrem Leben ist jetzt allerdings Orlando, das „Geodreieck", der Mann, mit dem sie Fabian eifersüchtig machen wollte. Ohne dass Fabian von Orlando wusste, änderte er sich von selbst – erstaunlicherweise.

Ja – Fabian und sie sind füreinander bestimmt. Nun muss sie sich noch überlegen, wie sie Orlando schonend beibringt, dass sie den Kontakt mit ihm abbrechen muss.

42. Kapitel

Noch ahnt Orlando nichts. Überhaupt nichts. Beim Einkaufen merkt er erneut, dass er sein Leben besser organisieren sollte – nach dem Motto: „Willst du eine Frau beglücken, musst du dich erst selbst entzücken!"

Seine alten Zeitschriften werden im Moment zu Umweltschutz-Briefpapier verarbeitet.

Im Supermarkt will er nur das Notwendigste kaufen. Er hat keine Zeit, einen Einkaufswagen mit einer Münze zu befreien und stapelt deswegen seine Einkäufe in beiden Händen.

Mit einem Kilo Bananen und einem Joghurtbecher beladen, erreicht er die Hintertür, auf der in großen Buchstaben „Wollen Sie Pfandflaschen abgeben? Bitte klingeln Sie zweimal am Schalter links neben der Türe!" steht.

Atemlos platziert er die Bananen und den Joghurt auf die Sprudelkisten rechts neben ihm. An der linken Hand baumelt eine Plastiktüte mit drei leeren Sprudelflaschen.

Er klingelt.

Samstagmorgen ist es. Entsprechend viele Leute tummeln sich in diesem Supermarkt. Manche haben so viele Waren in ihren Einkaufswagen gestapelt, dass man meinen könnte, übermorgen gehe die Welt unter.

Orlando beobachtet die Leute, die an ihm vorbeihasten – teilweise Familien mit lärmenden Kleinkindern.

Kein Angestellter in diesem Supermarkt nimmt gerne Pfandflaschen entgegen – heute am Samstag erst recht nicht.

Und so muss Orlando lange warten. Er klingelt wieder.

Plötzlich stutzt er – ist das nicht Angelika? Gedankenverloren schlendert sie am Kaffeeregal entlang und zieht schließlich eine grün-weiße Packung heraus. Gut sieht Angelika aus, erholt und braun gebrannt. Sie trägt eine dunkelbraune Lederjacke und schicke, schwarze Baumwollhosen.

„Hallo Orlando!", ruft sie, als sie ihn sieht. Nanu, klang nicht ein wenig Freude in ihrer Stimme?

„Hallo Angelika!"

Am liebsten würde er „Schön, dich zu sehen!" hinzufügen, aber er verkneift es sich. Er freut sich wirklich, hier in diesem Supermarkt Angelika zu treffen. Aber sie soll keinen falschen Eindruck bekommen.

„Wie war es im Urlaub?", fragt er also. „Du siehst gut aus!"

„Fantastisch!", lügt sie und strahlt dabei. „Tja, am Montag beglücke ich euch wieder im Büro."

Ihm entgeht die Ironie in ihrer Stimme nicht, aber er meint ehrlich:

„Angelika, ich freue mich, wieder mit dir zusammenzuarbeiten! Jennifer war eine Katastrophe!"

„Wirklich?" Sie starrt ihn ungläubig an. „Aber Jennifer ist flott, sie arbeitet gut – jeder mag sie."

„In ihrem Arbeitsgebiet vielleicht." Er lächelt bitter. „Aber nicht, wenn sie dich vertreten soll!"

„Ach, du liebe Zeit!" Angelika blickt erschrocken. „Hoffentlich ist nichts schief gegangen! Es ist ein Trauerspiel, wenn man nicht einmal im Urlaub mit einer reibungslosen Vertretung rechnen kann..."

Ihre Diskussion wird jäh unterbrochen, denn endlich erscheint eine Angestellte mit kurzem strähnigen Haar und einer knallroten Schürze aus der Metzgereiabteilung, haut in die Tasten der Pfandflaschenkasse und händigt Orlando einen kleinen, grünen Beleg aus.

Angelika ist schon weitergegangen. Eine Frau ihres Formats schiebt einen Einkaufswagen vor sich her – so auch sie. Außerdem reiste sie gerade aus dem Urlaub an und muss ihre Speisekammern wieder neu füllen.

Orlando geht an ihr vorbei – beladen mit drei Sprudelflaschen – vollen natürlich – den Bananen und dem Joghurt ohne Fruchtgeschmack.

Er lächelt Angelika an, sie lächelt zurück.

„Ich will jetzt abnehmen!", meint er beinahe entschuldigend.

„Ja, warum nicht?", antwortet sie ohne jegliche Ironie. „Aber nebenher solltest du Gymnastik machen."

„Gymnastik?" Er staunt. „Machst du denn Gymnastik? Ehrlich gesagt, du hast das nicht nötig – mit deiner Traumfigur!"

Lachend schüttelt sie den Kopf. Eigentlich weiß sie selbst nicht, warum sie sich so ausgelassen und ungezwungen mit Orlando unterhält. Vielleicht ist die Urlaubserholung der Grund – die Urlaubserholung, die sie nicht hat. Oder einfach die Tatsache, nach einem trügerischen deutschen Liebhaber und einem wilden Spanier auf Gran Canaria wieder einen normalen Menschen zu sehen. Einen Menschen, den sie kennt und von dem sie weiß, dass er harmlos ist.

„Ich gehe jeden Montag ins Fitness-Studio nicht weit von dir! Komm doch einfach mit – dort kannst du gezielt deine Fettpolster angehen!"

Fitness-Studio? Keine schlechte Idee, und Orlando willigt ein. Sie verabreden sich – am Montag, nachdem er seine Nachhilfestunden erledigt hat. Also gegen 19 Uhr.

Orlando fühlt sich gut – irgendwie, wie auf Wolken schwebend.

Er schlendert an eine Kasse – vorbei an Kunden mit vollen oder halbvollen Einkaufswagen. Vorbei an einigen Angestellten des Supermarktes in pastellfarbenen Oma-Schürzen, die geschäftig H-Milch-Tüten und Soßen-Päckchen in die Regale räumen.

Endlich erreicht er eine Kasse, die vollen Sprudelflaschen hängen wie Gewichte an seinen Fingern. Tapfer stellt er sich hinter drei Personen mit randvollen Wägen und wartet.

Endlich kann er seine Einkäufe auf das Fließband stellen und zückt seinen Geldbeutel.

„Drei Euro achtundvierzig!", flötet die Kassiererin mit blonder Dauerwelle wie ein Roboter.

„Man wird wohl zum Roboter, wenn man den ganzen Tag Zahlen daher sagt!", denkt Orlando, als er in seinem Geldbeutel ein Ein-Euro- und ein Zwei-Euro-Stück findet.

Die achtundvierzig Cents sind jedoch ein größeres Problem. Orlando weiß, dass er sie hat, und zwar genau auf den Cent. Wie wild fischt er nach Zehn-Cent-Stücken, die genauso aussehen wie die Hong-Kong-Dollar, die sich noch von seinem letzten Aufenthalt dort in seinem Geldbeutel räkeln. Eine nette Erinnerung – nur heute etwas lästig.

Er findet vier Zehn-Cent-Stücke, während eine Dame hinter ihm sich schon ungeduldig räuspert. Sie soll warten. Acht Cents findet er hinter den alten Kassenzetteln von vor zwei Wochen, die er achtlos in seinen Geldbeutel gesteckt hat. Heute noch wird er diese endlich wegwerfen.

Zum Glück hat Angelika nicht beobachtet, wie er in seinem Geldbeutel kramte. Für sie würde er seine ganze Wohnung umkrempeln. Und er bemerkt erstaunt, wie sehr er sich auf den Abend im Fitness-Studio freut.

Beatrix hat er vergessen.

43. Kapitel

Den morgendlichen Spaziergang zum Supermarkt hat Angelika Silbersegel genossen. Ein Spaziergang, der sich eine halbe Stunde hinzog.

Vielleicht hätte sie doch diesmal ihren schwarzen Smart nehmen sollen – dieses hübsche kleine Auto, mit dem man mühelos in jeden Parkplatz gelangt. Nur bei diesem mörderischen Samstagsverkehr wollte sie zu Fuß gehen.

„Eine falsche Entscheidung", denkt sie, als sie mit prallvollen Taschen aus dem Supermarkt tritt. Aber die Bushaltestelle befindet sich gleich um die Ecke.

Angelika marschiert dorthin – die drei Einkaufstaschen schlagen gegen ihre Unterschenkel. Eigentlich wollte sie wenig einkaufen, aber als sie erst im Supermarkt war und an den Regalen vorbeischlenderte, fiel ihr viel ein, was sie brauchen konnte.

Und so kaufte sie eine Menge.

Zum Glück lässt der Bus nicht lange auf sich warten – jedoch wollen zu viele Leute mitfahren. Angelika erwischt gerade noch einen Sitzplatz und verstaut ihre Taschen artig neben und unter sich.

Der Bus füllt sich – sie wundert sich, dass der Busfahrer immer noch mehr Leute einsteigen lässt. So lange, bis der Bus zum Bersten voll ist.

Neben Angelika sitzt eine ältere Dame, die zum Glück nur eine Tasche voller Waren mit sich führt und diese auf ihrem Schoß platziert.

Jeder Platz ist besetzt. Die Leute, die stehen, quetschen sich wie Sardinen aneinander.

Allerdings hat die Dame, die hinter Angelika sitzt, den Platz neben ihr mit ihrem Einkaufskorb und etlichen Taschen belegt.

Einer stehenden Dame passt das überhaupt nicht, und sie fängt laut an zu wettern:

„Hören Sie mal, das ist ganz schön unverschämt, wie Sie diesen freien Platz belegt haben! Eine Bank nur für Einkäufe! Und die alte Dame dort hinten," sie deutet mit dem Kopf auf eine ältere Dame, die sich neben den hinteren Ausstieg gezwängt hat, „„muss stehen""

Ungehalten blickt die Sitzende die Sprecherin an, eine geschminkte Dame im Popeline-Mantel. „Ich zahle 49 Euro für die Monatsfahrkarte. Deswegen stehen mir diese zwei Plätze zu!"

„Was für ein egoistisches Benehmen!", schaltet sich eine andere Dame ein, die ebenfalls steht.

„Ich fahre sowieso nicht weit!", versucht die ältere Dame neben dem Ausstieg die aufgebrachten Herrschaften zu beruhigen.

„Trotzdem – es geht nicht, dass Sie zwei Plätze belegen!", beharrt die Popeline-Bemantelte.

„Lassen Sie mich in Ruhe!", zischt die Dame auf den zwei Sitzplätzen und starrt stur geradeaus.

Der Bus fährt durch die Siedlung, schleudert um die Ecken. Die Stehenden klammern sich an den Haltestangen fest – wie Ertrinkende an den Schiffsbalken auf einem sinkenden Dampfer.

Angelika überlegt, ob sie ihren Platz anbieten soll. Dazu müsste sie allerdings aufstehen und sich an ihrer Nebensitzerin vorbeizwängen. Unmöglich, wenn man wie in einer Konservendose eingepfercht ist!

Der Fahrer vermeldet mit monotoner Stimme eine Haltestelle nach der anderen. Leute steigen aus, aber andere wiederum steigen ein, mischen sich in das Meer der schnaufenden, stehenden Herde. Die Leute stehen in äußerster Anspannung, Körper an Körper.

Zwischen den beiden vor Minuten noch streitenden Damen herrscht eisiges Schweigen. An einer scharfen Kurve fliegt ein Apfel aus dem vollgepfropften Korb der Dame mit den zwei Sitzplätzen. Verzweifelt versucht diese, nach dem verlorenen Apfel zu angeln – mit ihrem rechten Fuß. Aber dies gelingt nicht, der Apfel kullert in die vorderen Bankreihen. Und die Dame mit den zwei Sitzplätzen lehnt sich seufzend zurück. Nichts zu machen – diesen Apfel wird sie nicht wiederbekommen.

Die Dame im Popeline-Mantel grinst hämisch.

Und plötzlich erfasst Angelika ein Lachkrampf. Sie wird puterrot und schüttelt sich auf ihrem Sitz. Nein, wie komisch kann doch das Leben sein – obwohl es oft Enttäuschungen birgt.

Angelika lacht schallend auf ihrem Sitz – unter den erstaunten Blicken anderer Leute im Bus. Einige stimmen in das Lachen ein, obwohl sie nicht wissen, warum Angelika lacht. Selbst die Dame mit den zwei Sitzplätzen schafft es, ihre Mundwinkel ein wenig zu verziehen.

„Nein, wie komisch doch das Leben ist", denkt Angelika. Und auf einmal fällt jegliche Urlaubsenttäuschung von ihr ab. Jene Erlebnisse mit dem Geschäftsmann und dem Barkeeper – alles weht fort in einem einzigen Lachanfall.

Angelika lacht immer noch, als sie aussteigt. Und auf einmal weiß sie: sie kann jetzt weitermachen. Weitermachen mit einem neuen Leben – und vielleicht mit neuen Männern.

44. Kapitel

Erfrischt und ausgeruht erscheint Angelika morgens im Büro. Die Fragen nach ihrem Urlaub beantwortet sie, ohne mit der Wimper zu zucken, mit einer Lüge: „Ja, der Urlaub war einfach klasse!"

Obwohl der Urlaub zu den miesesten gehört, die sie je erlebt hat. Aber Angelika will sich keine Blöße geben – warum soll sie allen Leuten die Wahrheit berichten?

Und so schwebt sie durchs Büro, verhält sich ruhig und ausgeglichen und beschenkt Orlando mit einigen Spuren ihres

Lächelns. Dieser führt es auf Angelikas Urlaub zurück oder die Verabredung im Fitness-Studio.

Angelika arbeitet sich schnell wieder ein, seufzt aber, als sie bemerkt, wie nachlässig Jennifer teilweise gearbeitet hat.

„Ich werde beim nächsten Mal eine andere Vertretung einarbeiten müssen!", stöhnt sie. Warum kann man nicht einmal einige Wochen ausspannen, ohne dass gleich etwas schief läuft?

Orlando wartet abends schon vor dem Fitness-Studio, und Angelika schüttelt ihm die Hand.

„Schön, dass du gekommen bist – du wirst es nicht bereuen!"

Orlando schluckt ein wenig beim Anblick der Foltergeräte im Studio.

„Was – sag' mal, beherrschst du all diese Geräte?"

„Nicht alle!" Sie lächelt. „Aber die meisten. Ich benutze vorwiegend die Vorrichtungen, die meine Problemzonen positiv beeinflussen!"

Orlando gibt darauf keine Antwort. Mit Frauen sollte man nicht über Problemzonen diskutieren, das weiß er genau. Frauen erfinden Problemzonen dort, wo keine sind. Angelika macht hierbei keine Ausnahme.

Ihr Körper ist makellos, findet Orlando. Und er sieht keine einzige Problemzone.

Dafür besitzt er umso mehr. Und diese will er endlich mal in Angriff nehmen.

Vorher jedoch lotst ihn Angelika zu einer Bar.

„Ich nehme immer einen Fitness-Drink vor den Übungen", erklärt sie und bestellt zwei Gläser.

Ein gut aussehender Herr, Marke „John Travolta", gießt zwei Gläser voll und reicht sie Angelika.

„Dein Drink ist umsonst!" Sie reicht Orlando ein langes schlankes Glas mit einer orangefarbenen trüben Flüssigkeit. „Weil du heute zum ersten Mal hier bist! Beim nächsten Mal zahlst du zwei Euro, aber es lohnt sich. Dieser Drink enthält viele Vitamine!"

Sie hält ihr Glas in die Höhe und stößt mit Orlando an. „Zum Wohle!", meint er und trinkt beherzt. Der Geschmack nach Zement mit Fruchtzusatz lässt ihn innerlich erschauern, aber er getraut sich nicht, seine Ansicht laut kundzutun.

„Na – schmeckt doch super, nicht wahr?" Angelika nimmt genüsslich einen Schluck des „flüssigen Zements" und lässt ihn auf der Zunge zergehen wie Schokolade.

Nein, an dieses Getränk wird er sich nie gewöhnen, denkt sich Orlando. Auch wenn es noch so gesund ist.

„Es birgt einen ganz besonderen Geschmack in sich!" Er versucht, diplomatisch zu klingen.

„Am Anfang konnte ich mich nicht für den Geschmack erwärmen!", gibt Angelika unumwunden zu. „Aber jetzt habe ich mich richtiggehend in dieses Getränk verliebt – ich trinke jeden Morgen ein Glas!"

Wieder erschauert Orlando bei diesem Gedanken und trinkt tapfer sein Glas aus. Die Vitaminbombe hat ihn immerhin nichts gekostet, und so sollte er sich nicht beklagen.

Angelika stellt ihm Christel vor. Christel und ihrem Freund, der Bodybuilder Loris, gehört dieses Fitness-Studio. Angelika scheint die beiden schon seit Ewigkeiten zu kennen.

„Na, dann zeige ich Ihnen mal die Geräte!", bietet sich Christel an. Sie hat wallendes langes blondes Haar, eine Traum-Mähne. Eine gut aussehende Frau, stellt Orlando fest, aber da sie schon in festen Händen ist, käme sie für ihn sowieso nicht in Frage. Orlando drängt sich nicht in bereits schon bestehende Beziehungen.

Christel lotst Orlando zu einem Gerät, das wie eine Armzange aussieht, im Fachjargon aber „Butterfly" heißt.

„Das wäre etwas für den Anfang", meint sie mit dunkler Stimme. „Vielleicht schaffen Sie es, 20 Male die Zange auseinander zu drücken und dann wieder zusammen!"

Nichts leichter als das, denkt Orlando. Zuversichtlich setzt er sich zwischen den „Butterfly" und versucht, die beiden Hebel nach außen zu drücken. Dies schafft er ein, zwei, drei Male, dann jedoch kostet es ihn einige Mühe. Er beginnt zu schwitzen.

Angelika neben ihm schafft mühelos einige Male mehr als er, ohne gleich zu keuchen und zu schwitzen.

„Du machst einen Fehler", erklärt sie. „Du verpulverst deine ganze Kraft gleich zu Anfang, gehst sehr schnell vor und bist rasch aus der Puste! Du solltest deine Kräfte gleichmäßiger einteilen!"

Er nickt und kämpft verbissen weiter. Was Angelika rät, stimmt.

Er probiert den „Butterfly" und dann unter Christels fachkundiger Anleitung ein Gerät, das aussieht wie eine Beinzange, und Apparaturen, die seine Bauch- und Rückenmuskeln stärken sollen.

„Ich wusste nicht, dass alles so viel Energie kostet! Ehrlich, ich dachte, alles sei viel leichter!" Er atmet schwer, als er Hanteln zuerst einige Male nach oben, dann zur Seite bewegt.

Orlando stellt fest, dass – sobald er etwas für seine Fitness tut – die Zeit stehen bleibt. Ihn strengen die Übungen an, schon lange hat er genug, aber er will sich vor Angelika keine Blöße geben.

Und die Zeiger auf der großen Uhr direkt in seiner Sichtweite kriechen nur langsam vorwärts.

Nach einer Stunde kann er aufatmen. „Ich denke, Sie haben für den Anfang genug getan!", meint Christel und verabschiedet sich. „Sie können Ihre Leistung bei jedem Besuch im Studio kontinuierlich steigern! Sie kommen doch wieder, oder?"

„Ja!" Orlando nickt, ohne nachzudenken. Der Abend war anstrengend, aber er merkt, wie sehr er in den letzten Jahren seinen Körper vernachlässigt hat. Das soll sich jetzt ändern. Angelika beherrscht die meisten Geräte beinahe hervorragend. Aber sie geht ja schon seit einigen Jahren regelmäßig in dieses Studio.

Sie beide setzen sich auf eine Bank zum Ausruhen. Orlandos Gliedmaßen schmerzen. Aber das, was er getan hat, war seinem Körper sicherlich von Nutzen.

„Heute habe ich wirklich viel gelernt!", sagt er zu Angelika beim Abschied.

„Es freut mich", meint sie lächelnd. „Ich bin montags und freitags hier – wenn du auch kommen willst...,"

„...dann komme ich!", beendet er den Satz. „Ich komme am nächsten Montag nach meinen Nachhilfestunden wieder mit hierher – zweimal pro Woche ist mir für den Anfang zu viel."

„Wie du willst!" Noch immer lächelt sie. Sie beide stehen im Schein der Straßenlampen, und Orlando findet Angelika wunderschön. Eine Klasse-Frau, aber sie hat irgendein Problem.

Lange sieht er ihr noch nach, bis sie endlich in der Ferne verschwindet.

45. Kapitel

D er Abend im Fitness-Studio gefiel mir außerordentlich gut", gesteht Orlando Hubert, als sie am folgenden Tag wieder miteinander plaudern.

„Tja – welchem Mann würde es mit einer Klasse-Frau nicht gefallen?", lacht Hubert. „Ist Angelika nicht eine Schuhnummer zu groß für dich?"

„Wir treffen uns doch nur auf rein kameradschaftlicher Basis!", wehrt Orlando ab. „Sie zeigt mir, wie die Geräte funktionieren."

„Aha – wie die Geräte funktionieren..." Huberts Stimme klingt irgendwie ironisch, und Orlando hat die Anspielung sofort begriffen:

„Glaube mir, Hubert, es ist nichts zwischen mir und Angelika. Gar nichts!"

Aber er ertappt sich bei dem Gedanken, wie sehr er sich auf den nächsten Abend im Fitness-Studio freut. Wird Angelika immer bereit sein, sich mit ihm dort zu treffen? Werden ihre Treffen aufhören, wenn Angelika wieder „in festen Händen" ist?

Er erschrickt bei dem Gedanken.

„Und – was ist mit Beatrix?", reißt ihn Hubert aus seinen Gedanken.

„Oh – Beatrix!" Erstaunt zuckt er zusammen. Beatrix hat er glatt vergessen! Das jedoch will er nicht zugeben. Als Mann gibt man sich doch keine Blöße!

„Ich soll sie anrufen – oder sie ruft mich an. Ach, ich weiß nicht so recht!"

Hubert zieht die Stirn in Falten

„Was – du weißt nicht so recht? Ist jetzt bei euch der Groschen gefallen oder nicht?"

Groschen? Nein, davon kann man wahrhaftig nicht sprechen. Die Treffen entwickelten sich bisher schleppend, auch wenn sie positiv waren. Aber vielleicht ist er – Orlando – auch zu ungeduldig und erwartet, dass ihm die Frauen gleich um den Hals fallen.

Im Moment weiß er nicht, was er denken soll.

„Ich wollte beim letzten Mal ein wenig mehr von ihr – verstehst du?" Orlando schaut seinem Freund eindringlich in die Augen. „Aber ich fasste nur an ihren Po – weiter kam ich nicht!"

„Weiter kamst du nicht? Mensch, Orlando, wenn du eine Frau so nahe bei dir hast, dass du sie am Po fassen kannst, kannst du weiter gehen! Ehrlich!"

„Es war in der Disco, und ich wollte nicht auffallen!"

„Das ist natürlich ein Grund!" Hubert seufzt. „Du musst sie beim nächsten Mal an einem intimeren Ort treffen!"

Ein intimerer Ort – gut. Orlando wird sich einen überlegen.

Und dann steht ihm ja noch ein Treffen mit Miriam bevor. Er ist gespannt, wie es werden wird.

46. Kapitel

Nach der „Tagesschau" am Abend und drei Gläsern Bier ruft Orlando bei Beatrix an.

„Ach, Sabine!", flötet sie mit viel zu heller Stimme ins Telefon, als sie ihn erkennt.

‚Was ist nur in sie gefahren?', denkt er, aber er spielt das Spiel mit Sabine mit. Und so vereinbaren sie ein Treffen am Donnerstag in einer Kneipe. Um eine Zeit, zu der dort kaum Leute anzutreffen sind.

So kann man sich vielleicht auf den Barhockern näherkommen und später in seine Wohnung ausweichen.

Er freut sich. Beatrix ist nett – nicht so attraktiv und verlockend wie Angelika. Aber besser als nichts.

Orlando räumt wohlgemut seine Wohnung auf. Mit drei Gläsern Bier und einem vierten auf dem Bücherregal klappt dies hervorragend. Orlando staubt ab, sortiert Zeitungen zu einem Stapel für den Altpapiercontainer, wäscht ab und schrubbt. Später sieht die Wohnung sogar richtig nett aus, auch wenn sie noch ziemlich vollgestellt ist. Aber Sperrmüll wird erst wieder im Frühjahr abgeholt.

47. Kapitel

Tief durchatmend betritt Beatrix die Bar „Phönix". Sie liebt Fabian abgöttisch und sie wird dies irgendwie Orlando beibringen müssen. Bei dem Gedanken daran läuft es ihr kalt den Rücken hinunter.

Sie schwingt sich auf einen Barhocker und bestellt einen Ananassaft.

Orlando erscheint auf der Bildfläche und streckt ihr lächelnd seine Hand entgegen:

„Na – wie geht es der angehenden Autorin? Hast du unterdessen einen Verleger gefunden?"

„Nein!" Sie lacht. Oder kann wieder darüber lachen. Eine starke Frau haut nichts um – nicht einmal Zuschussverlage! Sie erzählt Orlando über ihre Erfahrungen mit dem Verlag DER LITERARISCHE BAHNHOF, der gegen einen horrenden Betrag bereit ist, jedes Buch zu veröffentlichen und es ohne Werbung in irgendwelchen Kellergemächern verstauben zu lassen.

„Warum sendest du ein Manuskript in der Weltgeschichte herum, wenn es nichts bringt?", fragt er und nippt an seinem Bier.

„Ich weiß auch nicht. Vielleicht brauche ich Hoffnung. Hoffnung, die in mir irgendwie Selbstbestätigung weckt." In Gedanken versunken starrt sie in ihr Glas Ananassaft – und spürt plötzlich Orlandos starke Männerpranke auf ihrem rechten Knie. Dort ruht sie nicht, sondern wandert sanft hinauf zu ihren Beckenknochen.

Irgendeine Erotik sollte Beatrix jetzt verspüren – hervorgerufen von der Wärme dieser Männerhand und den Berührungen.

Aber sie fühlt überhaupt nichts.

Seufzend packt sie die Männerhand und legt sie auf Orlandos Schoß. Dorthin, wo sie ihrer Meinung nach hingehört.

„He – warum denn so prüde!", entfährt es ihm. Und seine Augen blitzen ärgerlich. In diesem Moment ist er kein „Geodreieck", sondern ein Mann.

„Orlando – es geht nicht...", stottert sie.

„Was geht nicht?" Er fühlt sich gekränkt und beißt sich auf die Lippen.

„Orlando – wir dürfen uns nicht mehr treffen!"

„Warum nicht? Hast du auf einmal Angst, dass aus unserem Treffen mehr werden könnte? Liebe zum Beispiel?" Die Worte sprudeln aus ihm heraus, aber sie bleibt ruhig.

„Orlando – ich werde dich nie lieben können. Wir passen nicht zusammen!"

Irgendwie hat er es gefühlt, hat er es geahnt. Wie hart aber ist es, die Worte aus ihrem Mund zu hören.

„Was für ein Glück, dass wir dies rechtzeitig feststellen!", meint er bitter. „Rechtzeitig, bevor wir intimer werden..."

Sie sagt nichts. Tränen schimmern in ihren Augen. Warum ist es so schwer, von einem Mann Abschied zu nehmen – einem Mann, den man gerade drei Male platonisch getroffen hat?

Vielleicht, weil er so arglos, so ehrlich, so natürlich war.

In diesem Moment beschließt sie, ihm nichts von Fabian und ihrer Schwangerschaft zu berichten. Vielleicht fühlt er sich sonst missbraucht, ausgenützt, wie eine Art „Notnagel". Ein Mann für alle Fälle, wenn der Geliebte versagt.

Sie trinkt ihren Ananassaft aus – und ihr wird schlecht. „Mir geht es nicht so gut, Orlando", stammelt sie und sehnt sich in diesem Moment nach Fabian und ihrem Bett. Sie fühlt sich so schrecklich feige und weiß nicht, wie sie das Gefühl loswerden soll.

„Vielleicht überlegst du beim nächsten Mal etwas länger, bevor du auf eine Kontaktanzeige antwortest." Seine Worte klingen langsam und bedächtig. „Ich meine – hinter jeder Kontaktanzeige steckt ein Mensch. Ein Mensch mit Gefühlen, ein Mensch, den man verletzen kann..."

„Aber bietet jede Kontaktanzeige eine Erfolgsgarantie?", bricht es aus ihr heraus. „Haben wir nicht das Recht, eine Beziehung abzubrechen, die von vornherein zum Scheitern verurteilt ist?"

„Das sagst du – und DU wolltest das Ende! Warum bist du so prüde, Beatrix, und machst sofort Schluss, wenn man dich nur ein bisschen berührt?"

Sie überlegt fieberhaft. Wahrscheinlich kann jetzt doch nur die Wahrheit helfen.

„Ich bin schwanger", flüstert sie.

„Wie bitte – schwanger?"

„Bitte nicht so laut!" Sie legt ihm erschreckt die Finger auf den Mund.

„Von wem denn, wenn du so prüde bist? Vom Heiligen Geist vielleicht?" Er gackert los wie eine verrückte Legehenne.

„Von Fabian", meint sie ruhig. Sie hat sich wieder in der Gewalt.

„Fabian – wer ist Fabian?"

„Mein Freund!"

Schweigen. Ungläubig starrt er sie an, diese hübsche, schlanke Erscheinung, die plötzlich schwanger ist und einen Freund hat. Irgendwie ist das zu viel auf einmal.

Er schnauft.

„Seit wann hast du einen Freund? Ich dachte, du seiest Single!"

„War ich auch", meint sie forsch. „Obwohl ich schon jahrelang mit ihm zusammenlebe. Plötzlich wurde sein Computer zu meinem schärfsten Konkurrenten – und so beschloss ich, Fabian zu hintergehen. Ich schrieb auf deine Kontaktanzeige!"

„Und jetzt bist du schwanger. Von wem wohl", sinniert er. „Wenn nicht von Fabian, dann vielleicht vom Computer!" Orlando fühlt sich schlecht, dann aber gleichzeitig herrlich frivol und bricht wieder in Lachen aus.

„Nein – von Fabian natürlich!" Jetzt blickt sie ärgerlich. „Orlando, ich glaube, wir sollten diese Unterhaltung beenden. Sofort."

„Das ist der natürliche Weg eines Geodreiecks", seufzt er lakonisch. „Wenn man es nicht mehr braucht, wirft man es in die Ecke..."

„Bitte Orlando, so war es nicht gemeint!" Ihre Stimme zittert. „Fabian veränderte sich auf einmal sehr zum Positiven – er freut sich sehr auf unser Kind! Bitte – lasse uns in Frieden auseinandergehen!"

„Frieden?", seufzt er bitter und sieht ihr zu, wie sie ihre Getränke hastig bezahlt. „Wir hatten nie Krieg, Beatrix. Warum stampfst du Dinge aus dem Boden, die es gar nicht gibt?"

Sie geht nicht auf seine Frage ein, schüttelt nur unsicher seine Hand.

„Tschüss, Orlando, lebe wohl. Es war nett, dich kennen zu lernen."

„Nett?" Wieder schwingt Ironie in seiner Stimme, und er möchte irgendwas dagegensetzen, Beatrix aus ihrer Reserve locken, sie reizen. Aber dazu kommt er nicht mehr.

Schnell schlüpft Beatrix in ihren Mantel und zur Türe hinaus.

Traurig starrt Orlando in sein Bierglas. Das war also das Kapitel „Beatrix". Drei Treffen mit einem Spritzer Hoffnung am Anfang und einem Schuss Bitterkeit zum Schluss.

Und enttäuscht merkt er, dass er wieder soweit ist wie zu Anfang seiner „Geodreieck-Aktion".

48. Kapitel

Ratlos steht Orlando vor seinem Kleiderschrank und begutachtet seine Garderobe. Was nur soll er heute Abend anziehen? Heute, an diesem Samstag, will er mit Miriam den Hausbibelkreis besuchen, von dem sie so sehr geschwärmt hat. Es wird das erste Mal sein, dass Orlando einen Hausbibelkreis besucht. Er ist gespannt.

Nach der Enttäuschung mit Beatrix kann das Leben nur besser werden – und die Beziehungen zu Frauen auch, meint er.

"Du wirst begeistert sein!", pries Miriam bei ihrem zweiten Treffen in einem Stuttgarter Café den Hausbibelkreis an, während ihre Augen leuchteten wie frisch polierte Aquamarine. "Die Leute dort sind riesig nett. Ich kenne sie schon lange! Vor allem die Hauskreisleiter sind allererste Sahne. Nele und Harald Nothdurft. Sie ist eine ganz besonders Liebe, die – bevor ihre beiden Söhne geboren wurden -, in einem Krankenhaus arbeitete. Und er arbeitet bei der Stuttgarter Börse. Er ist dort sehr einflussreich. Einflussreich an der Börse – und ein Christ – die evangelische Kirche kann sich keinen besseren Hauskreisleiter wünschen!"

Orlando glaubt Miriam. Denn das Thema „Kirche, Glaube und Hauskreise" war und ist neu für ihn. Es wird Zeit für ihn, neue Menschen kennen zu lernen, sich einen größeren Bekanntenkreis aufzubauen. Außerdem will er Miriam näher kennen lernen. Warum nicht sofort ihren heiß geliebten Hausbibelkreis kennen lernen?

Orlando ist zwar kein „entschiedener Christ", aber er ist evangelisch. Er lechzt danach, neue Leute zu treffen, etwas Neues zu erleben, über die Bibel zu diskutieren und vielleicht ebenfalls neue Anstöße mitzunehmen für die kommende Woche.

Bald hat sich Orlando fertig angezogen. Er trägt eine Jeanshose, die ganz oben am linken Hosenbein etwas durchgescheuert ist und nach einer Reparatur schreit. Jedoch liebt Orlando diese Jeanshose heiß und innig und will sie wegen dieses kleinen Schönheitsfehlers nicht in die Altkleidersammlung oder als Missionsspende für bedürftige Christen in Südamerika weggeben. Deshalb hat er sich bisher Zeit mit der Reparatur gelassen. Ihm schwebt ein hübsches Aufbügelmotiv vor, das den Defekt vertuschen kann. Vielleicht wird er sich nächste Woche eines kaufen.

Einige Stadtteile weiter betrachtet Miriam gedankenverloren ihre Fingernägel. Soll sie diese mit ihrem Weißchromnagellack anstreichen - der neueste Schrei? Sie verwirft diesen Gedanken. Als Christin sollte man dezent auftreten - das hat schon Pfarrer Blaufuß, Pfarrer im Ruhestand, der in einer angesehenen Gemeinde in Stuttgart tätig war, gepredigt. Also: sittsam und gut angezogen soll man als Christin sein, aber nicht zu viel Haut zeigen und nicht zu grell schminken!

Deshalb lässt sie die Nägel blassrosa, wie sie von Natur aus sind. Nachdem sie sich für eine dezent blau-verwaschene Jeans und ein saloppes giftgrünes T-Shirt mit der Aufschrift "Wer Jesus nicht kennt, der pennt" entschieden hat, bürstet sie ihre schnittlauchglatten kastanienbraunen Haare durch und bindet sie zu einem braven Pferdeschwanz. So ist auch ihre Großmutter während ihrer Jugendzeit im Ostsudetenland herumgelaufen, erinnert sie sich vage.

"Okay - ich bin soweit!", lächelt Miriam ihr Spiegelbild voller Zärtlichkeit an. Dann macht sie sich auf den Weg zur Stadtbahn.

Sie trifft Orlando auf dem Bahnhof im Stuttgarter Stadtteil Gerlingen.

"Dieser Hauskreis wird Ihnen bestimmt gefallen!", betont Miriam. Er nickt.

Gemeinsam gehen sie zu dem Mehrfamilienhaus, in dem sich die Wohnung von Nele und Harald Nothdurft befindet. Der Fußweg beträgt nur fünf Minuten.

49. Kapitel

Staunend betritt Orlando die schmucke Wohnung im dritten Stock des knallgelb gestrichenen Siebenfamilienhauses in der Bahnhofstraße. Schräg gegenüber durch das große Fenster im Wohnzimmer kann man eindeutig die Umrisse des altmodischen Bahnhofsgebäudes ausmachen. Ab und zu rattert ein Zug vorbei - entweder in Richtung Stuttgart oder aus Stuttgart kommend. Allerdings kann man sich schnell an diese Geräuschkulisse gewöhnen - erstaunt bemerkt Orlando, wie schnell er im Laufe des Abends das Rattern des Zuges nicht mehr als störend empfindet.

"Setzt euch hierhin!", lächelt die Gastgeberin. Im Laufe des Abends hört Orlando, dass es sich hier um die „sagenhafte" Nele Nothdurft handelt. Nele, eine anmutige, aber etwas farblose Erscheinung mit langen sexy Gazellenbeinen, die sie in Röhrenjeans versteckt hat. Nele trägt keine Röcke, das wird jemand Orlando später erzählen – aber da will er das schon gar nicht mehr wissen.

Zu den Röhrenjeans trägt sie einen schwarz-silbernen Mohairpullover mit weitem Ausschnitt, wahrscheinlich selbstgestrickt. Üppige rosige Brüste, wie große Melonen, quellen aus dem Ausschnitt hervor und machen jedem Sexhungrigen Appetit auf „mehr". Neles kurz geschnittene, schon mit einigen Silbersträhnen durchwebte schwarze Haare sitzen im trendigen Bürstenlook auf ihrem Kopf.

Orlando ist erstaunt. Und nicht nur er, auch Miriam ist es. Bisher hatte sie diese „Bibeltratschrunde" als nicht so dekadent wie jetzt empfunden. Hatte sie nicht gehört, Christen sollten sich züchtig anziehen? Nele jedoch scheint heute mehr von der offenherzigen Sorte zu sein.

Orlando sagt zur Begrüßung nichts außer einem hörbaren "Guten Abend!" Er ist auch bereit, mehr über sich preiszugeben, wenn das gewünscht ist. Eine Antwort auf seinen Gruß bekommt er jedoch nicht.

Nele scheint ihn geflissentlich zu übersehen. Sie ist nicht einmal interessiert, den Namen des "Neuen" im heutigen Hausbibelkreis herauszufinden. Wahrscheinlich genügt es, dass er in Begleitung von Miriam aufgetaucht ist. Aha, das ist also Miriams neuer Freund, denkt Nele vielleicht und lässt es bei diesem Gedanken bewenden.

Weitere Personen tauchen auf. Eine kühle Blonde, deren Blondhaar eindeutig gefärbt ist. Eine fetzige Brille klebt auf ihrer Stupsnase wie angenagelt. Ihr folgt eine weitere blonde Dame, allerdings etwas zu kräftig. Jedoch scheint diese sich nicht um ihr Gewicht zu scheren, sondern lacht lauthals über einen Witz, den ihre Begleiterin zum Besten gibt:

„Gröl, grööööl, gacker, gacker!"

Die beiden scheinen sich schon seit Jahrmillionen von Jahren zu kennen und kleben zusammen wie siamesische Zwillinge.

Sein Fall sind diese gackernden Hühner, die wie Frauen aussehen, nicht, konstatiert Orlando. Aber er wird hier ja nicht nach seiner Meinung über Frauen gefragt.

Ein Herr erscheint. Schwarzes Haar, randlose Brille, er trägt ein weißes Hemd, schwarze Hosen und Krawatte.

Er sieht exotisch aus in dieser Runde, die vorwiegend aus

Frauen zu bestehen scheint. Das muss wohl der sagenhafte Harald Nothdurft sein, denkt Orlando und stupst seine Nachbarin an.

„Das ist wohl Harald Nothdurft, nicht wahr?"

„Ja, das ist er!", antwortet Miriam lächelnd, während sie sich mit einer der siamesischen Zwillingsfrauen unterhält. Es geht um das Buch, das sie kürzlich gelesen hat und das sie auf ihrem Blog besprach. „Das letzte Licht auf Erden" heißt es und wurde von der kanadischen Schriftstellerin Beth Rivercat verfasst. Es ist ein Buch, das Miriam sehr bewegt hat, auch wenn es nicht zur typisch christlichen Literatur zählt.

Auf einmal klingelt es wieder an der Haustür. Orlando merkt schon am lauten Gackern, dass es sich hier nur um Frauen handeln kann.

„Gröl, gröööl, gacker, gacker!"

Und tatsächlich - weitere drei Damen erscheinen - zwei mit dunkelbraunen Locken und Brille, eine mit Afrolook und einer Gitarre. Für Orlando sind das alles nur Gesichter. Keine hält es für nötig, zu Orlando zu gehen und ihn als Neuankömmling zu begrüßen oder sich ihm wenigstens vorzustellen.

Nein, sie sind mit sich selbst beschäftigt. Plaudern und lachen.

„Gröl, gröööl, gacker, gacker, gacker!"

Wo ist Orlando hier nur gelandet? Und das ist wirklich der heißgeliebte Hausbibelkreis, von dem Miriam so schwärmt? Liegt hier nicht ein Irrtum vor?

Orlando betrachtet Miriam, die links neben ihm in einem lilafarbenen Liederbuch blättert und angestrengt nach einem erbaulichen Liedtitel sucht. Sie scheint es nicht zu stören, dass die Teilnehmer des Hausbibelkreises Orlando bisher weitgehend ignorieren.

Alle haben sich um einen runden Tisch platziert. Flaschenverschlüsse von Mineralwasserflaschen zischen laut, als sie geöffnet werden. Prickelndes Mineralwasser fließt in einige Gläser und wird von den Teilnehmern mit fruchtigem Orangensaft oder Apfelsaft verfeinert oder auch nicht.

"Wer hat einen Liedwunsch?" Nele lächelt und entblößt dabei ihre etwas gelblichen Zähne, die sie regelmäßig mit "Weiß bleifrei" pflegt - eine Marke, die sie sich bereits seit siebeneinhalb Jahren von Bekannten aus Italien schicken ließ. Seitdem sie nämlich dort im Urlaub weilte, kommt sie weder von Italien noch von "Weiß bleifrei" los.

"Nummer 3.878!", meldet sich Miriam.

"In welchem Liederbuch steht das?", meldet sich irritiert die afro-lockige Dame, die hektisch ihre Gitarre stimmt und ihr ein paar schräge Töne entlockt. Sie klingen, als ob eine Katze ihren Schwanz eingeklemmt hat.

"Das Lied heißt: 'Jesus, du bist mein Blitzableiter' und steht im lilafarbenen Liederbuch!", antwortet Miriam gehorsam. "Wenn du es nicht spielen kannst, suche ich gerne ein anderes Lied aus, Hella! Das ist kein Problem!"

Aha, also Hella heißt die afro-lockige Dame, bemerkt Orlando erleichtert. Immerhin eine Information mehr!

"Ich kann dieses Lied spielen!", meint Hella und bemüht sich, ihre Gitarre mit ohrenbetäubendem Klimpern in die richtige Tonlage zu bringen. "Gut - probieren wir, dieses Lied zu singen!"

Alle stimmen in das Lied ein.

Orlando ist erleichtert. Er muss nicht mitsingen und tut es auch nicht. Erstens kennt er das Lied nicht, zweitens hat er immer einige Probleme, die richtigen Töne zu treffen. Aber liebt Gott nicht aufrichtigen Gesang? Gott ist es doch egal, ob man falsch oder richtig singt - Hauptsache, aus vollem Herzen.

Merkwürdig, dass er solche Gedanken hat, denkt sich Orlando. Ausgerechnet er macht sich Gedanken über Gott, wo er doch sonst nichts mit Gott und Glauben „am Hut" hat.

Ruhe wirft sich wie ein schwarzer Mantel in das geschmackvoll mit Antiquitäten eingerichtete Wohnzimmer, als der letzte Ton des Liedes verhallt ist. Hektisch blättert jedermann/jede Frau in einem von drei Liederbüchern, die "Jesus zur Ehre", Band 4, Band 5 und Band 6, heißen.

Diese Liederbücher liegen in mehrfacher Ausfertigung am

Tisch.

Nele und Harald Nothdurft hatten diese Bücher mit Hilfe von Miriam aus dem Pfarrhaus entliehen. Orlando weiß nicht, ob er sich bemerkbar machen und in dieser bisher so kühlen Runde einen Liedwunsch äußern soll.

"Nummer 8.973 aus dem grünen Liederbuch!", meldet sich eine der bebrillten blonden Damen und nimmt Orlando somit die Entscheidung ab.

Bevor Hella wieder fragt, ob sie dieses Lied spielen kann oder nicht, schaut sie lieber selbst nach. Beim zu hektischen Blättern fällt ihr allerdings das grüne Liederbuch auf den Boden. Mit knallrotem Kopf fischt sie es unter den erotischen, etwas dicklichen Beinen der anderen bebrillten Blonden hervor, fällt dabei fast vom Stuhl und sucht dann nach Nummer 8.973 - einem Lied mit dem Titel "Du hast mich aus der Lethargie meiner Eintönigkeit gerissen, oh Herr!"

Auch hier wird Orlando nicht mitsingen, denn er kennt dieses Lied nicht.

"Entschuldigung, aber ich kenne dieses Lied nicht!", protestiert Hella. "Außerdem ist es gespickt mit zu vielen 'DIS' und 'FIS' - diese Töne sind sehr schwer zu spielen!"

"Aber ich kenne das Lied!", widerspricht eine der blonden siamesischen Zwillinge und fängt an zu lachen.

„Gröl, grööööl, gacker, gacker!"

Dann sagt sie:

"Das Lied ist sooo toll! Ich habe es auf der Timbuktu-Freizeit vor sechsdreiviertel Jahren gesungen! Warum wollt ihr dieses Lied nicht lernen?"

"Ja, kannst du das Lied auch auf der Gitarre begleiten, Annabelle?", fragt Hella und reißt ihre großen blauen Augen erstaunt auf.

Aha - Annabelle heißt die eine Hälfte der "siamesischen Zwillinge"! Und - anscheinend nimmt sie gerne an christlichen Freizeiten im Ausland teil.

Immerhin ist das jetzt die zweite Information über diesen Hausbibelkreis für Orlando nach einer halben Stunde! Warum sickern alle Informationen so spärlich durch? Warum benimmt man sich gegenüber neuen Teilnehmern so unhöflich und nicht herzlich und christlich? Warum gibt es keine Begrüßung und keine Vorstellungsrunde, in der man wie selbstverständlich Grundinformationen über sich selbst preisgibt?

Zeichnet nicht das einen guten Hausbibelkreis aus und bietet eine Grundlage zu einer guten Beziehung untereinander und gelungenem geistlichen Wachstum?

Aber Orlando weiß ja nicht, was einen guten Hausbibelkreis auszeichnet. Das hier scheint kein guter Hausbibelkreis zu sein, denn er fühlt sich immer schlechter, je länger er hier ist.

Orlando schimpft mit sich selbst. Man sollte nicht voreilig mit Kanonen auf Spatzen schießen. Das steht zwar so nicht in der Bibel, aber Jesus hatte sicher etwas Ähnliches gesagt, auch wenn Orlando sich an eine solche Bibelstelle auf Anhieb gar nicht erinnert. Immerhin wurde er als Jugendlicher konfirmiert – und einige Glaubensgrundlagen kennt er schon noch.

Sicherlich wird dieser Hausbibelkreis beim nächsten Mal vor Warmherzigkeit erblühen und alle seine Erwartungen erfüllen!, denkt er fast schon spöttisch. Hat nicht Miriam gesagt, dass alle Leute in dieser Runde entschiedene Christen seien?

Orlando bezweifelt jedoch immer mehr, dass er noch einmal diesen Hausbibelkreis besuchen wird.

Während Orlandos tiefgreifender Gedankengänge über den Sinn einer Vorstellungsrunde und eines herzlichen Willkommens neuer Besucher eines Hausbibelkreises hat Hella ihre Gitarre aus brasilianischem Buchenholz vorsichtig Annabelle umgehängt. Beherzt klimpert diese drauflos und versucht, mit ihrer chorerprobten Sopranstimme die Gesangsrunde durch das Lied zu geleiten. Dank der vielen "DIS" und "FIS" jedoch klingt der Gesang eher wie Katzenjammer nach einer lange durchgezechten Nacht, und Orlando beginnt zu verstehen, warum Hella es abgelehnt hat, dieses Lied zu begleiten.

Man singt noch weitere Titel, zum Beispiel "Jesus, mein Fels in der Brandung" oder "Jesus, nur mit dir will ich meine

Sandburg bauen".

Endlich - nach fast einer Stunde Gesang - kramen alle Teilnehmer ihre Bibeln und ein Heft für Bibelkreise hervor, mit dessen Hilfe eine zentrale christliche Frage, nämlich "Beziehungen - sind wir eine Gemeinschaft oder sind wir eher gemein?", geklärt werden sollte. Dieses Heft hat Annabelle für alle in der hiesigen Buchhandlung bestellt und zum günstigen Preis von 5,99 Euro an alle Teilnehmer weiterverkauft.

An alle Teilnehmer? Nein, Orlando hat dieses Heft nicht. Aber er ist ja „nur" Gast und liest in Miriams Heft und Bibel, wenn er am heutigen Abend etwas lesen muss.

Das erste Kapitel dieses Arbeitsheftes "Beziehungen - sind wir eine Gemeinschaft oder sind wir eher gemein?" befasst sich mit dem Beginn menschlichen Lebens auf dem Planeten Erde. Dem Beginn des menschlichen Lebens, wie ihn Gott, der Herr, geplant und durchgeführt hat, und nicht so, wie ihn die Darwinisten mit ihrer Evolutionslehre angeblich bewiesen haben.

"Schlagen wir einfach das erste Kapitel auf!", schlägt Nele vor, und Mundgeruch wabert zu Orlando herüber. Es stinkt etwas nach Jauchegrube. Dass Nele das nicht merkt?

Als Mit-Inhaberin dieser schmucken Eigentumswohnung in Bahnhofsnähe und als Gastgeberin ist es für Nele selbstverständlich, Wortführerin zu sein. "Wie ihr seht, fangen wir heute mit einem neuen Heft an. Einem Heft über Beziehungen. Ich hoffe doch, dass ihr alle nach dem Durcharbeiten der sieben Lektionen gestärkt und neu ermutigt alle Prüfungen im Leben bestehen könnt!"

Einige der Anwesenden kichern.

„Gröl, gröööl, gacker, gacker!"

Orlando findet, dass in diesem Hausbibelkreis zu viel gelacht, gegrölt und gegackert wird.

Was sind das nur für merkwürdige Leute? Es macht ihnen Spaß, Theater zu spielen, um arglose Leute „auf den Arm zu nehmen". Und wer sagt denn, dass mit einem biblischen Thema der Abend verdorben ist? Wenn Orlando verschwunden sein wird, wird man sich dem „eigentlichen Zweck" dieses Abends widmen! Tratschen und klatschen – und über andere Leute, die nicht da sind, herziehen! Das hat man sich schon vorgenommen, das ist eine klare Sache!

Aber jetzt blickt Harald die Kichernden strafend an. Man will die Rolle des „Hausbibelkreises" doch anständig spielen – oder? Stille senkt sich wieder über die antiken Möbel, über die betretenen Gesichter der Anwesenden. Niemand getraut sich, etwas zu sagen. Oder niemand will etwas sagen.

Nele räuspert sich, denn nun hat sie den Faden verloren. Aber wozu gibt es denn clevere Arbeitshefte für Hausbibelkreise?

"Wenn ihr die Seite sechs aufschlagt, wird als Bibeltext erster Mose zwei, die Verse 18 bis 25, vorgeschlagen. Vielleicht solltet ihr diesen Text einfach lesen. Danach fahren wir fort, wie es in dem Arbeitsheft beschrieben ist!"

Erleichtert fährt sich Nele durch ihre kurzen Haare, lässt wieder etwas Jauchengrubenmundgeruch in den Raum fahren, klimpert mit ihren 28 Armreifen in verschiedenen Gold- und Silbertönen und nippt geräuschlos an ihrem Glas "Autobahn-Quelle, das Mineralwasser mit dem leichten Geruch nach Motoröl".

Miriam und Orlando beugen sich interessiert über das Arbeitsheft "Beziehungen - sind wir eine Gemeinschaft oder sind wir eher gemein?" Dabei fällt Orlando auf, dass Nele und Harald das im Heft vorgeschlagene Anfangsritual geflissentlich übersprungen haben. Steht dort nicht: "Erzählen Sie zur Einstimmung auf diese Lektion, was Sie heute erlebt haben!" Orlando hätte einiges zu sagen gehabt - sein Vater leidet gerade an Gürtelrose, und er hat heute schon mit ihm telefoniert. Auch während des Einkaufens in Stuttgart hat er viel erlebt - oder später während des Spaziergangs am Killesberg. Warum erzählte niemand aus der Runde seinen persönlichen Samstag?

Aber die anderen wollen nichts berichten. Lieber gackern, grölen und kichern sie.

„Gröl, gröööl, gacker, gacker!"

Orlando kann dieses blöde Gelächter und Gegacker schon nicht mehr hören.

"Hat jemand eine Bemerkung zu den soeben verinnerlichten Bibelversen zu machen?", schaltet Harald sich mit seiner wohlklingenden Stimme in die Stille ein.

"Es geht um die Erschaffung von Mann und Frau - durch Gott!", bemerkt Miriam geistesgegenwärtig und streicht sich durch ihre Haare.

"Ja, genau!" Harald lächelt entwaffnend. "Und diese Geschichte ist uns hinreichend bekannt. In unserer Lektion jedoch geht es um Beziehungen! Hier handelt es sich um eine der ersten Beziehungen bei Menschen - die zwischen Mann und Frau!"

'Dämliches Geschwätz!', schießt es Orlando durch seine zahlreichen Gehirnwindungen. ‚Das merkt doch ein Kleinkind, dass es hier um Mann und Frau geht!'

Martina, die sich Orlando ebenfalls nicht vorgestellt hat, kichert jetzt. Sie hat die Gabe, gut zuzuhören und immer an der richtigen Stelle zu kichern. Sie kichert wie ein hohles Flittchen, das mit dem Finger beim eigenen Orgasmus ausgerutscht ist und dies urkomisch findet. Diesmal kichert sie über die Beziehungen zwischen Mann und Frau.

Orlando findet Martina rein optisch hübsch – aber mit ihrem Lachen kann sie jeden Mann vergraulen! Ihr Lachen ist ein No-Go, deswegen wird er sich hüten, Martina anzusprechen.

"Ich schlage vor, ihr kümmert euch jetzt um die Fragen eins bis sieben auf Seite acht. Danach gehen wir zur Gruppenarbeit über!" Nele Nothdurft beugt sich ernsthaft über ihr Heft, einige andere folgen ihrem Beispiel, wieder andere lachen und kichern:

„Gröl, gröööl, gacker, gacker!"

Sie haben gerade über ihre Nachbarn und den Schornsteinfeger gelästert.

Dieser Hausbibelkreis scheint nur aus Gelächter, Ignoranz, Unhöflichkeit, flachen Bemerkungen und tiefem Schweigen zu bestehen, stellt Orlando fest. Wenn diese Leute tatsächlich entschiedene Christen sein sollen, dann will er – Orlando – nie ein entschiedener Christ werden!

Er versucht, sich auf die gestellten Fragen eins bis sieben zu konzentrieren.

"Stellen Sie sich vor, Sie müssten die Erschaffung Adams und Evas in einem Kinofilm festhalten. Welche der folgenden bekannten Schauspieler würden Sie für die Hauptrollen vorschlagen?", liest er die Frage Nummer eins. Interessanterweise sind gleich einige Beispiele bekannter Namen angegeben, die man ankreuzen kann.

Orlando beschäftigt sich mit der Männerliste. Ingolf Glück? Nein, er erscheint ihm als Adam zu aufgedreht!

Auch Arnold Schwarzenbeck scheint nicht geeignet, den Adam zu spielen, obwohl er tolle Muskeln hat.

Wie ist es mit Jürgen neben der Klippe, Joe Dauner, Kevin Rost oder Herwart Schunkel? Der letztere ist eindeutig zu alt für die Rolle - er könnte eher Abraham spielen. Joe Dauner von der "Tagesschau" kennt Orlando zu wenig. Auch Kevin Rost ist schon zu alt. Schließlich entscheidet sich Orlando für Orlando Bloom und setzt sein Kreuz in das Kästchen rechts neben ihm. Richard Beer ist auch eine gute Wahl, aber auch er ist schon zu alt.

Welche der angegebenen Damen ist für die Rolle der Eva geeignet? Romy Pfeifer und Ruth Euroscheck scheiden aus - sie würden höchstens in die Rolle von Evas Mutter passen. Auch Nastassja Krawattinski, Meryl Beetle und Iris Berberteppich gefallen Orlando als Eva-Darstellerinnen nicht. Schließlich entscheidet er sich für Keira Schneidli, den Superstar aus den Vereinigten Staaten, die bereits schon in "Schwarzer Falke" und "Alles, was wir waschen mussten" gute Hauptrollen gespielt hat.

"Lasst uns unsere Ergebnisse vergleichen!", unterbricht Nele mit ihrer sanften Radiostimme jegliche konstruktive Gedanken. Ihr Mundgeruch ist stärker geworden und riecht nach zwei Jauchegruben. Sie sollte sich wirklich die Zähne putzen!

Orlando schüttelt sich. Aber das merkt niemand.

"Ich bin aber gerade erst bei Frage zwei!", protestiert Annabelle und blickt entsetzt zu ihrer "Busenfreundin", dem bisher für Orlando namenlosen siamesischen Zwilling.

Wie auf Kommando echot der "Zwilling": "Ja, ich bin auch noch nicht fertig!" Fast schon liebevoll drückt sie die Hand von Annabelle.

"Ich bin auch erst bei Frage drei!", meint Hella beleidigt und fährt sich in einer hektischen Handbewegung durch ihren Afro-Look.

Würde es die Sendung "Was bin ich?" von Robert Lemke noch geben, wäre diese Handbewegung gut genug, um den Beruf einer Friseuse zu versinnbildlichen. Ja, Hella könnte Friseuse sein, schießt es Orlando durch den Kopf. Gepflegt genug sieht sie aus. Sie ist aber nicht sein Typ.

"Ich habe aber eine Pizza im Ofen stehen!", verrät Nele. "Wenn wir so lange zur Beantwortung von ein paar läppischen Fragen brauchen, trocknet die Pizza aus und wird ungenießbar! Also - gehen wir die Fragen miteinander rasch durch!"

Die anderen lassen sich überzeugen. Die Aussicht auf leckere Pizza mit oder ohne Salami, mit oder ohne vier verschiedene Käsesorten, mit oder ohne Artischocken, mit oder ohne Thunfisch lässt jegliche Gegenstimmen verstummen. Beherzt gleiten alle Teilnehmer des heutigen Hausbibelkreises aus ihrer gemütlichen Erholungshaltung und setzen sich aufrecht auf ihre Plätze. Wieder zischen Sprudelverschlüsse und Mineralwasser.

Miriam schafft es sogar, voller Enthusiasmus den halben Tisch unter Wasser zu setzen, als sie, nachdem sie den Apfelsaft eingegossen hat, zu viel und zu schnell Mineralwasser hinterher gießt. Entschuldigend blickt sie in die Runde aller seelenlosen Gesichter und springt anschließend auf, um in Neles hochmoderner Küche nach einem Wischlappen zu suchen.

Als Adam-Darsteller in Frage eins haben sich fast alle für Arnold Schwarzenbeck entschieden, weil sie dessen muskulösen Körperbau so erotisch finden.

Als Eva-Darstellerin haben sich beinahe alle Damen in der Runde für Julia Hobbits entschieden, weil diese Schauspielerin jung und hübsch war und es noch ist und den Frauentyp verkörpert, der im Moment noch "in" ist.

Martina, die sich Orlando nicht vorgestellt hat, kichert. Sie hat die Gabe, gut zuzuhören und immer an der richtigen Stelle zu kichern. Sie kichert wie ein hohles Flittchen, das mit dem Finger beim eigenen Orgasmus ausgerutscht ist und dies urkomisch findet. Diesmal kichert sie über Arnold Schwarzenbeck und seinen tollen Körperbau.

Orlando geht dieses Kichern auf die Nerven, aber er sagt es nicht.

Die Besprechung der dritten Frage ist ebenfalls in weniger als einer Minute erledigt. "Wo fanden Sie während Ihrer Schulzeit Ihr persönliches Paradies? - Im Klassenzimmer, vor dem Kühlschrank in der elterlichen Küche, während des Religionsunterrichtes, in der evangelischen Kirche, im Chemiesaal, im elterlichen Auto?"

Komischerweise haben sich die meisten für das elterliche Auto entschieden (wo man die erste Liebe gevögelt hatte oder sich vögeln ließ) oder die Nähe des Kühlschrankes - erstaunlicherweise hat niemand die evangelische Kirche oder den Religionsunterricht angegeben!

Nur Orlando macht eine Ausnahme - er hat eine andere Lösung gewählt, nämlich den Physiksaal. Schon als Kind und Jugendlicher experimentierte er gerne mit Kabeln, Motoren und schiefen Ebenen. Aber das kann er hier in diesem Hausbibelkreis nicht sagen, da er immer noch von allen – außer Miriam - ignoriert wird.

Martina kichert erneut. Sie hat die Gabe, gut zuzuhören und immer an der richtigen Stelle zu kichern. Sie kichert wie ein hohles Flittchen, das mit dem Finger beim eigenen Orgasmus ausgerutscht ist und dies urkomisch findet. Diesmal kichert sie über das elterliche Auto als Schauplatz für ein Paradies.

Und so geht es immer weiter. Langeweile und hohle Phrasen wechseln sich ab mit Grölen, Gackern und Kichern. Orlando fühlt sich gar nicht wohl und wartet auf die nächstbeste Gelegenheit, diesen Hausbibelkreis zu verlassen.

Plötzlich springt Nele auf und schreit:

"Fast hätte ich meine Pizza vergessen!"

Sie rennt in die Küche. Gespannt hören die anderen von dort heftiges Kratzen, ein Schaben, ein Knallen. Nach drei Minuten kehrt eine glückliche Nele mit zwei Tellern, auf denen jeweils ein Riesenstapel voller Pizzastücke thront, ins Wohnzimmer zurück.

"Ich glaube, diese Pizza kann man essen!", jubelt sie schon fast und stellt einige Teller auf den Wohnzimmertisch aus hellem Eichenholz. Leere Teller werden herumgereicht, und jeder macht sich über die Pizza her. Nach einer Stunde Singen und einer Stunde Bibelarbeit hat die antike Standuhr in der Wohnung der Nothdurfts 22 Uhr geschlagen und man ergötzt sich an der leckeren Pizza.

Eine Gebetsgemeinschaft, wie im Arbeitsheft vorgeschlagen, fehlt leider. Bei einer Gebetsgemeinschaft beten die Teilnehmer reihum. Wahrscheinlich wäre heute Abend sowieso jeder schweigend dagesessen und hätte kein Gebet gesprochen.

Orlando nimmt sich ein Stück Pizza auf einen Teller und kaut sie. Sie schmeckt gut. Dennoch fühlt er sich nicht gut – denn er wird auch weiterhin in dieser Gesprächsrunde ignoriert, er fühlt sich hier nicht akzeptiert und nicht willkommen.

Das ist ein blödes Gefühl.

Miriam aber tippt ihm begeistert auf die Schultern und ruft ihm zu:

„War das heute nicht wieder ein grandioser Hausbibelkreis? Nele und Harald haben sich wieder selbst übertroffen! Eine Veranstaltung mit so viel Tiefgang! Und was ich wieder für meinen Alltag durch diesen Abend mitgenommen habe, ist unermesslich. Unermesslicher geistlicher Reichtum!"

Sie wartet seine Stellungnahme dazu, seine Meinung, gar

nicht ab – denn bald ist sie in ein angeregtes Gespräch mit Hella versunken und hat ihn vergessen.

Geistlicher Tiefgang durch das Beantworten einiger Fragen aus einem Heft? Das hätte auch Orlando als Nicht-Hauskreisleiter auf die Beine stellen können – das ist wirklich keine Kunst. Für ihn war das eine absolut misslungene Veranstaltung, die ihm die Themen „Glaube – Kirche – Religion" vollends madig gemacht hat. Er wird sich darüber beim zuständigen Pfarrer beschweren! Nein, für solche ignoranten Veranstaltungen will er keine Kirchensteuer mehr bezahlen!

Als Orlando sein Stück Pizza zu Ende gegessen hat, verlässt er die Wohnung der Nothdurfts. Niemand bemerkt ihn und niemand schüttelt ihm zum Abschied die Hand.

Er wird kein zweites Mal in diesen Hausbibelkreis kommen. Er wird nie mehr dorthin kommen.

Die Leute hocken noch stundenlang zusammen, tratschen, klatschen, lästern, grölen und gackern – bis weit nach Mitternacht. Am nächsten Tag werden alle müde sein – und wenig Lust haben, einen Gottesdienst zu besuchen.

Orlando hat an diesem „Hauskreisbibelabend" keine neuen Leute kennen gelernt. Denn sie wollten ihn nicht kennen lernen. Und er hat Miriam verloren. Aber das stört ihn nicht mehr.

50. Kapitel

Lieber Herr Kromway,
        weil ich mir mit anderen evangelischen Gemeindemitgliedern gemeinsam Gedanken darüber mache, wie wir eine einladende und geistliche Atmosphäre in unserer evangelischen Gemeinde, in unseren Veranstaltungen und Angeboten schaffen können, habe ich Ihr Schreiben auch bekommen und es aufmerksam gelesen.

Ihre Schilderungen haben mich sehr betroffen gemacht und man kann die tiefe Kränkung förmlich in jedem Satz heraus spüren. Mir tut das unendlich leid, was Sie in dem Hausbibelkreis bei dem Ehepaar Nothdurft erlebt und erfahren haben. Das ist nicht evangelisch und schon gar nicht christlich. Aber es bestätigt leider so manche Vorurteile, die ich auch immer wieder zu hören bekomme: "Sonntags fromm in der Kirche beten und danach ...!"

Es ist beachtlich wie lange Sie es in solcher Gemeinschaft ausgehalten haben. Ich hätte das wahrscheinlich nicht so lange ausgehalten und mir schleunigst einen anderen Kreis oder Hilfe bei anderen Christen gesucht. Ich habe selbst ebenfalls schon zahlreiche Hausbibelkreise geleitet, auch oft mit Jugendlichen. Und es war eine sehr vertraute und von gegenseitiger Wertschätzung geprägte Atmosphäre. Wir haben auch am Anfang miteinander gesungen und uns anschließend in einer kurzen Austauschrunde damit befasst, wie es uns aktuell geht oder was wir auf dem Herzen haben. Dann haben wir dafür gebetet und erst danach haben wir die Bibel gelesen und uns darüber ausgetauscht. Der Schluss war dann noch einmal ein Gebet und ein Segen und ein Lied. So läuft für mich ein evangelischer Hausbibelkreis ab und ich hätte Ihnen das hier auch von Herzen gewünscht.

Gott sei Dank ist die Liebe Christi und seine Möglichkeit mehr als das Versagen seiner menschlichen Diener. Ich hoffe und wünsche Ihnen, dass Sie diese Liebe mit anderen Glaubensgeschwistern gemeinsam doch noch erleben dürfen und kann nur mein tiefes Bedauern darüber ausdrücken, was Sie in Teilen unserer Gemeinde erleben mussten.

Mit freundlichen Grüßen und Gottes Segen – Pfarrer Emil Hofmüller."

Als Orlando diese E-Mail liest, tröstet ihn diese ein bisschen. Es ist beruhigend, wenn ein Pfarrer genauso denkt wie er. Aber das lässt ihn von seinem Vorhaben nicht abbringen, aus der Kirche auszutreten. Und genau das tut er einige Tage später. Es ist so leicht. Man muss nur zu einem Standesamt gehen und ein Formular ausfüllen, dass man die Kirche verlassen will.

Vielleicht wird er später eine Glaubensgemeinschaft finden, in der er willkommen ist. Es soll doch gute Freikirchen geben, die keine Sekten sind und in denen Menschen willkommen sind und wertgeschätzt werden.

Orlando jedoch ist die Lust auf Glauben, Religion und Kirche erst einmal vergangen.

51. Kapitel

Orlandos Selbstbewusstsein ist zutiefst verletzt, zutiefst getroffen. Er hat nicht nur Rosi und Beatrix verloren, sondern jetzt auch Miriam. Und Anita hat sich nie gemeldet. Seine Kontaktsuche war also umsonst. Aber der starke Mann gibt sich keine Blöße, der starke Mann klagt nicht, sondern macht einfach weiter.

Der starke Mann strebt durch das Leben, auch wenn er sich nicht stark fühlt.

Orlando fühlt sich nicht stark, an diesem Freitagmorgen erst recht nicht. Wieder macht er Selbstbefriedigung, reibt seinen Penis und fängt die weiße Masse in einem Papiertaschentuch auf. Und heute beschließt er, seinen Penis nicht mehr „Macker" zu nennen, sondern einfach „Penis". Auch wenn es ihm, Orlando, nicht gut geht, so soll wenigstens seine Männlichkeit nicht darunter leiden.

Nach dem Genuss einiger Tassen „Wilde Bohne" fühlt sich Orlando fit genug für den heutigen Arbeitstag und entscheidet sich für legere Karohosen und einen edlen Leinenpullover im schlank machenden Patentmuster. Diese Kleidung ist zeitlos und wirkt bei jedem Anlass.

Der Arbeitstag jedoch soll ganz anders verlaufen, als sich Orlando das in der Stadtbahn erträumt hat.

„Frau Silbersegel hat die Angebote vertauscht!" Sein Chef baut sich drohend vor Orlando auf. „Und Sie, Herr Kromway, haben nichts gemerkt!"

„Was – Angebote vertauscht?" Orlando traut seinen Ohren nicht. „Das kann nicht sein!"

„Doch!" Der Chef wedelt mit einem Blätterberg wild vor Orlandos Augen hin und her. „Frau Silbersegel hat das Angebot für Japan ausgerechnet nach Großbritannien geschickt. Und das Angebot für Großbritannien nach Japan!

Die Japaner freuen sich über die billigeren Preise und wollen nur zu diesen Preisen bestellen! Und die Engländer sind natürlich erbost und drohen, bei diesen hohen Preisen ihre Maschinen künftig bei der Konkurrenz zu kaufen. Ein Skandal ist das!"

Angelika sitzt auf ihrem Platz und heult, und Orlando starrt ungläubig von einem zum anderen. Plötzlich entreißt er dem Chef die Angebote und nimmt sie genauer in Augenschein.

„Warum beschuldigen Sie Frau Silbersegel, ohne auf das Datum der Angebote zu schauen?", meint er forsch und blickt seinem Chef direkt in die Augen. „Frau Silbersegel wäre dieser Fehler nicht passiert. Und an diesem Tag, an dem diese Angebote gefaxt und geschickt wurden, weilte Frau Silbersegel im Urlaub auf Gran Canaria. Jennifer hat den Fehler gemacht. Aber das ist ja kein Wunder – bei ihrer Lustlosigkeit..."

Jetzt starrt der Chef ungläubig und wird auf einmal rot. „Da habe ich mich wohl geirrt", meint er kleinlaut, denn es fällt ihm schwer, einen Fehler zuzugeben. Er trottet wie ein geprügelter Hund zu Angelika und entschuldigt sich leise. Seine Entschuldigung klingt linkisch, denn er ist solche Aktionen nicht gewohnt. Als Chef macht er normalerweise keine Fehler.

Schnell entschwindet er in die andere Richtung des Raumes – zu Jennifer. Man hört ihr schrilles Gekreische, nein, sie lässt sich von diesen Vorwürfen nicht aus dem Konzept bringen.

„Wenn meine Arbeit nicht passt, dann werde ich Frau Silbersegel beim nächsten Mal nicht mehr vertreten", keift sie und weiß, dass sie damit am längeren Hebel sitzt.

Der Chef sagt nichts mehr – er ist ja so froh, wenn überhaupt irgendjemand jemanden vertritt. Und so flüchtet er in sein Büro und versteckt sich hinter zahlreichen Aktenstapeln.

Orlando schleicht kopfschüttelnd zu Angelika, die an ihrem Platz sitzt, den Kopf in ihren Armen vergraben.

„Du bist nicht schuld, Angelika. Bitte höre auf zu weinen!"

Er legt seine Hand auf ihre Schulter, und sie lässt es geschehen. Weinende Frauen verunsichern ihn, er weiß nicht, wie er darauf reagieren soll. Aber Angelika scheint seine Worte, seine pure Anwesenheit zu mögen.

Sie hebt den Kopf und angelt nach einem Papiertaschentuch aus ihrer Handtasche. Laut schnäuzt sie ihre Nase, haucht ein zittriges „Danke!" in die Richtung, in der sie Orlando vermutet. Dann hastet sie in die Damentoilette.

Orlando trottet wieder zurück an seinen Platz. Er hasst aus der Luft gegriffene Anschuldigungen. Sein Chef hat eine Vorliebe für derartige Ausfälle und ist deshalb schon in etliche Fettnäpfchen getreten, was ihn allerdings in keinster Weise eines Besseren zu belehren scheint.

Er arbeitet und beobachtet, wie nach einer Viertelstunde Angelika wieder an ihren Platz wankt. Die Tränen sind getrocknet, nur noch einige hektische rote Flecken verraten den soeben durchlebten Gefühlsausbruch. Aber auch diese verschwinden im Laufe des Tages.

Angelika arbeitet weiter, so, als wäre nichts gewesen. Sie fragt Orlando um Rat, wo sie ihn um Rat fragen muss. Ansonsten ackert sie ohne jede Gefühlsregung vor sich hin.

Der Chef führt zahlreiche Telefonate mit Japan und England und versucht, Jennifers Fehler wieder auszubügeln. Er schwitzt und wirkt leicht verunsichert, wenn er an Angelika vorbeirauscht. Diese jedoch würdigt ihn keines Blickes.

Orlando zeigt sich wirklich froh, als er abends das Büro verlassen darf.

52. Kapitel

Ruhelos wie ein Tiger pirscht Angelika in ihrer Wohnung auf und ab. Die Aufregung des heutigen Tages sitzt ihr immer noch in den Knochen. Warum muss sie sich eine solche Anschuldigung bieten lassen? Sie, die ansonsten ihre Arbeit vorbildlich erledigt?

Wem sie ganz großes Unrecht angetan hat, ist Orlando. Er war der einzige, der sich heute wirklich vorbildlich ihr gegenüber verhalten hat.

Wie ein gehetztes Tier blickt sie in ihrer Wohnung umher. Die Ordnung ödet sie an, sie muss raus. Aber alleine will sie in keine Kneipe gehen. Aufs Fitness-Studio hat sie heute keine Lust – ihr fehlt die Ausgeglichenheit dafür.

Nein, heute Abend will sie sich mit einem Menschen unterhalten.

Und plötzlich kommt ihr eine Idee. Die Telefonnummer von Orlando findet sie im Telefonbuch. Schnell gleiten ihre Finger über die Tasten des Telefons.

„Hoffentlich ist er zu Hause!", denkt sie und hält herzklopfend den Hörer an ihr Ohr.

„Kromway", meldet er sich, und ihr Herz setzt für einen Schlag aus.

Sie hat sich ihre Worte zurechtgelegt. Ihre Stimme klingt belegt:

„Ich hatte mich auf Ihre Kontaktanzeige gemeldet, war aber kurzfristig verhindert. Dafür möchte ich mich entschuldigen. Hätten Sie nicht Lust, mich heute Abend im China-Restaurant ‚Zhu-Hai' zu treffen?"

Orlando ist verdattert. Klingt das nicht nach Angelikas Stimme? Und – woher besitzt jemand, der sich auf seine Kontaktanzeige meldet, seine Telefonnummer, wenn er diese doch in der Anzeige nicht angegeben hat?

„Ja – gerne", antwortet er zögernd. „Wäre 20 Uhr recht?"

„Okay", meint Angelika.

„Noch eines", fügt er hinzu. „Wer sind Sie?"

„Anita!" Die Antwort kommt, wie aus der Pistole geschossen.

Und er versteht.

53. Kapitel

Als er das Restaurant betritt, sieht er sie sofort. Sie sitzt an einem Tisch in der Ecke und studiert die Speisekarte.

Plötzlich blickt sie auf und lotst ihn mit einer Handbewegung an ihren Tisch.

„Du bist Anita, nicht wahr?", meint er schon beinahe erleichtert.

„Ja, die bin ich!" Sie lächelt. „Entschuldige bitte, dass ich mich damals nicht zu erkennen gab."

„Das ist vergeben und vergessen. Aber, Angelika, warum hast du auf eine Kontaktanzeige geantwortet? Ich dachte immer, eine Frau wie du besitzt zehn Verehrer an jedem einzelnen Finger!"

Verlegen beißt sie sich auf die Lippen.

„Verehrer – ja. Verehrer hat eine Frau wie ich tatsächlich viele. Aber bisher fühlte ich mich immer nur als Trophäe – weißt du, was ich meine?"

„Du erstaunst mich, Angelika. Ja, wirklich! Warum sprichst du von dir als einer ‚Trophäe'?"

Sie klingt bitter: „Wenn man so aussieht wie ich, ist es für die Männer nur wichtig, eine Nacht mit mir zu verbringen. Um nachher prahlen zu können, welchen ‚Paradiesvogel' sie wieder in ihr Bett gelockt zu haben. Auf die inneren Werte sieht man dabei nicht." Tränen schießen in ihre Augen.

Er weiß nicht so recht, was er antworten soll, und vergräbt sich erst einmal in der Speisekarte.

„Chinesisches Lo-Han-Gemüse" hört sich gut an, und er bestellt das Gericht bei einem beflissenen Chinesen, dessen Alter man nur schwer schätzen kann.

Gedankenverloren nippt er an seinem Glas sprudelnden Mineralwassers und blickt Angelika fest in die Augen:

„Angelika, ich finde es großartig, dich heute zu treffen. Aber ich bin schockiert über deine Ansichten über Männer. Hast du wirklich schon so viele schlechte Erfahrungen mit Männern gemacht?" Seine linke Hand spielt mit der roten Kerze, die auf dem Tisch steht. „Es hört sich beinahe so an, als seien Männer meistens lüsterne Monster."

Unwillkürlich muss sie lachen: „Lüsterne Monster! Das klingt gut!"

Sie wird ernster. „Aber Orlando, die meisten Männer sind wirklich so. Sie denken nur an ihr Vergnügen und springen beinahe jeden Abend in ein anderes Bett!"

Er ist schockiert über Angelikas Ansichten und erleichtert, als das Essen serviert wird und seinen Kommentar hinauszögert. Am liebsten würde er sagen: „Angelika – vielleicht sind andere Männer so. Aber ich bin nicht so!" Jedoch getraut er sich nicht.

„Du wirst bisher leider die falschen Männer erwischt haben", meint er beschwichtigend, und sie nickt.

Schweigend löffeln sie ihr Essen in sich hinein.

Schließlich fragt Angelika:

„Warum hast du diese Kontaktanzeige aufgegeben? Und vor allem – warum hast du diesen Text gewählt?"

Er grinst:

„Ich wollte eine neue Beziehung. Ganz einfach."

„Aber warum dieser Text?" bohrt sie weiter.

„Ich wollte die Frauen auf meine Liebe zur Mathematik vorbereiten. Und außerdem – ich bin Verkäufer. Das solltest du doch am besten wissen!"

Sie lacht – befreit:

„Klar weiß ich das! Orlando, du bist herrlich erfrischend!"

Er fühlt sich geschmeichelt. Eigentlich könnte dieser schöne Abend ewig so weitergehen. So gut und ungezwungen hat er sich noch nie mit Angelika unterhalten. Und diesmal nimmt sie ihn ernst und stichelt mit keiner Silbe an ihm herum.

„Danke – übrigens. Für heute", flüstert sie.

„Für heute?" Er hat den Arbeitstag und seine Aufregungen schon wieder vergessen.

„Du weißt doch!" Sie berührt seine Hand, was er erstaunt registriert. „Dafür, dass du mich verteidigt hast!"

„Das musste ich doch tun!", platzt er heraus. „Ich habe die Wahrheit gesagt! Angelika, du leistest vorbildliche Arbeit. Das merkte ich besonders, als du im Urlaub warst. Die Zusammenarbeit mit Jennifer war ein Drama."

„Danke für das Kompliment. Ich kann das brauchen – wirklich! Gerade heute." Sie streicht sich über die dunklen Locken. „Mein Selbstvertrauen wurde gewaltig erschüttert, als der Chef heute diesen falschen Verdacht aussprach..."

Sie sieht verzweifelt aus, und Orlando beruhigt sie schnell:

„Dazu hast du keinen Grund, wirklich! Und ich hoffe, auch unser Verhältnis wird sich bessern – menschlich gesehen!"

„Ich habe dir Unrecht getan, ich weiß. Deine Figur bot eine Angriffsfläche..."

„Trinken wir doch auf eine gute und weiterhin erfolgreiche Zusammenarbeit!", schlägt er spontan vor und bestellt auf ihr begeistertes Kopfnicken hin Wein für sie beide.

Sie trinken nicht nur auf eine gute Zusammenarbeit – sie haben sich auch fest vorgenommen, diesen Vorsatz zu verwirklichen. Ein Bann scheint gebrochen, sie finden sich sympathisch. Und sie plaudern, graben in Privaterlebnissen und Bürogeschichten.

Wen wundert es, dass Orlando Angelika nach Hause begleitet? Zumal es draußen anfängt zu regnen und sie ihren Schirm vergessen hat. Lachend fahren sie mit der Stadtbahn und landen schließlich vor dem Hochhaus, in dem Angelika wohnt.

„Ich gehe jetzt lieber", meint Orlando höflich. „Dir also noch ein schönes Wochenende!" Er schüttelt ihre Hand. „Der Abend gefiel mir gut!"

„Mir auch", antwortet sie ehrlich. „Aber warum willst du schon gehen? Morgen ist Samstag! Du hast mich trocken nach Hause begleitet und zum Dank sollte ich dir meine Wohnung zeigen. Hast du Lust?"

Sie lächelt, und Orlando würde Millionen geben, um diesen lächelnden Mund zu küssen.

„Gerne!" antwortet er, klappt seinen Schirm zusammen und folgt Angelika in die Halle und in den Lift. Wie einfach auf einmal alles ist – Angelika, dieser Abend und die Demonstration ihrer Privatgemächer.

Sie scheint ihm auf einmal so nahe wie nie – zum Greifen nahe. Und er freut sich auf das Abenteuer.

54. Kapitel

Sie treten in Angelikas Apartment. Staunend sieht sich Orlando um, als Angelika die Wohnungstüre lautlos schließt.

Die Wohnung ist ordentlich – kein Stäubchen trübt den Blick, jeder Gegenstand scheint auf einem eigens dafür reservierten Platz zu liegen.

Angelika ist noch immer ein wenig beschwipst. Sie gähnt dezent und lässt sich auf das geschmackvoll gemusterte IKEA-Sofa fallen.

„Komm, setz dich zu mir!", bietet sie ihm einen Platz an.

„Nein, ich werde jetzt gehen. Angelika, du bist müde und gehörst ins Bett!" Orlando hätte nie geglaubt, einmal im Leben Angelikas heilige vier Wände von innen zu sehen.

Heute ist es soweit, aber er will sich nicht rücksichtslos zeigen.

„Nein, bitte – setz dich zu mir!", wiederholt sie bestimmt. Ihr Kopf ist nach hinten gefallen, ihre Augen sind geschlossen. Sie sieht aus wie ein meditierender Engel.

Orlando nimmt neben ihr Platz, zuerst noch in gewissem Abstand. Sie riechen beide nach chinesischem Essen, das noch in ihren Kleidern hängt.

Plötzlich tastet sie nach seiner Hand, spielt mit seinen Fingern – einem nach dem anderen.

„Oh, Orlando!", bricht es aus ihr hervor. „Warum suche ich immer nach Idealmännern wie Silvester Stallone oder Richard Gere und kann mich nicht in normale Männer verlieben wie dich?"

Er zuckt leicht zusammen.

„Normal – ich? Ich bin etwas dick – und ich wäre gerne so drahtig wie ein Geodreieck."

„Ein sehr netter, dicker Kollege", murmelt sie und rückt näher. Er spürt Reste des Duftes ihres Haarshampoos in seiner Nase. Sanft streicht er über ihre braunen Locken.

„Mach weiter, bitte!", murmelt sie. Sie nimmt seine Hand und führt sie in ihren Ausschnitt. Er ist erstaunt, tut aber, wie ihm geheißen. Er fährt fort, weil sie es will.

Und schließlich liegen sie zusammen auf der Couch und genießen einen Orgasmus in höchster Vollendung. Sie haben sich unwillkürlich beide in das Abenteuer eingelassen, ihre Körper gegenseitig zu entdecken. Abgefallen sind die Schranken der Distanz, die sie beide als Kollegen trennte. Hier liegen Mann und Frau zusammen, die so zärtlich miteinander umgehen wie zwei Liebende.

„Er ist überhaupt nicht schwer", denkt Angelika über Orlando, der über ihr liegt.

Sie dachte immer, korpulente Männer würden zierlichere Frauen beim Sex beinahe erdrücken. Aber alles scheint zu stimmen: ihr Zusammensein, ihre Nacktheit, diese Liebesnacht.

Orlando stößt sanft in sie, bewegt sich rhythmisch, treibt seine Männlichkeit in ihr auf und nieder, auf und nieder. Angelika wird unwillkürlich von den Bewegungen mitgerissen – sekundenlang, minutenlang, Schweißperlen bilden sich auf ihren Körpern und rinnen ihre Haut hinunter wie Regentropfen.

Danach sind sie erschöpft, liegen nebeneinander und lächeln sich an.

„Das hat mir gut gefallen!", strahlt Angelika, und ihre Augen leuchten. Dann küsst sie ihn, heiß und innig.

Und plötzlich hat er das Gefühl, dass seine Suche nach einer Partnerin, der richtigen Frau fürs Leben, endlich ein Ende gefunden hat.

55. Kapitel

Verschlafen reibt sich Orlando die Augen und denkt zunächst, er träume. Nein, dies ist nicht seine Wohnung, dies ist nicht seine IKEA-Couch, auf der er liegt. Wobei er keine IKEA-Möbel besitzt, aber dies sei nur am Rande erwähnt.

Tageslicht flutet in das Wohnzimmer, in dem er liegt. Als er Angelika erblickt, erinnert er sich an den gestrigen Abend im China-Restaurant und ihre großartige Zeit danach.

Angelika rauscht an ihm vorbei in die Küche, haucht ein sanftes „Guten Morgen, gut geschlafen?" und hantiert am Kühlschrank und der Kaffeemaschine herum. Orlando vernimmt das Blubbern von heißem Wasser, das in eine Glaskanne rinnt und sich mit Kaffeepulver vermischt.

Er hört Geschirrklappern, und wenig später erscheint Angelika mit Frühstückstellern und großen Tassen.

„Ich träume nicht!", meint er schließlich zufrieden, schlägt die Wolldecke zurück und setzt sich auf. Er ist nur mit Unterwäsche und Socken bekleidet, angelt nach seinem Hemd und der Hose, die auf einem Stuhl neben ihm liegen.

Angelika lächelt. Wirr hängt ihr das ungebürstete Haar in die Stirne, aber das macht sie noch attraktiver, findet Orlando spontan.

„Nein, wieso solltest du träumen?" Sie stellt eine Tasse und einen Frühstücksteller vor ihn hin.

„Weil ich einen Engel vor mir sehe!", antwortet er, und sie lacht laut.

„Ich bin allerdings ein absolut irdischer Engel – mit vielen menschlichen Fehlern und Schwächen!"

Jetzt lacht er.

„Fehler und Schwächen – wer hat sie nicht?"

„Ich hoffe, du hast gut geschlafen!", wechselt sie das Thema. „Meine Couch ist leider nicht so bequem wie ein Himmelbett!"

„Ich habe prächtig geschlafen!", beteuert er. Und dann erfasst ihn die Angst. Die Angst, alles könne nur ein kurzes Abenteuer gewesen sein und Angelika werde ihn nach dem Frühstück an die Luft setzen.

„Es freut mich!", sagt sie. „Ich habe Croissants im Backofen – du magst doch Croissants?"

Er nickt, und sie schreitet in die Küche, holt Butter und Marmelade und Besteck. Zum Schluss erscheint sie mit einer Aufschnittplatte voller Wurst und Käse.

Alles sieht nicht nur lecker aus, sondern schmeckt auch lecker, gekrönt mit einer guten Tasse Kaffee. Sie essen schweigend und stärken sich für den heutigen Tag.

Angelika fühlt sich anders als sonst.

„Es war klasse – gestern", bricht es aus ihr hervor.

Erstaunt blickt er auf, in der Hand ein angebissenes Croissant mit Käse.

„Ich habe es genossen – und ich dachte schon..."

„Nein!", flüstert sie und lächelt zauberhaft. Sie platziert die Kaffeetasse auf dem Tisch und rückt näher. Er umfasst sie, zieht sie an sich und küsst sie.

„Ich glaube, es musste so kommen", haucht sie. Sie steckt immer noch im Bademantel, darunter ein kurzes Leinennachthemd. Seine Hand gleitet auf ihre Beine und streichelt sie.

Noch immer küssen sie sich, während sie sich befühlen und betasten und mit ihrer Haut spielen.

Der Bann scheint endgültig gebrochen – und der Rest des Frühstücks muss warten.

56. Kapitel

Montag ist es, als Herr Mordhorst Orlando bittet, nach der Physik-Nachhilfe in sein Büro zu kommen.

Orlando ist erstaunt, gibt aber – wie gewohnt – die 90 Minuten Nachhilfe, die er montags immer erteilt, und lässt sich dann im Büro von Herrn Mordhorst blicken.

„Was gibt es?", fragt er.

„Sie haben vor einigen Wochen Norbert, dem Schnupperschüler, eine 45-Minuten-Einheit Mathe-Nachhilfe erteilt", beginnt Herr Mordhorst mit seinen Ausführungen.

„Ja – und, was ist mit Norbert? Wird er Mathe-Nachhilfe bekommen?" Orlando ist etwas ungeduldig, denn er hat sich mit Angelika im Fitness-Studio verabredet.

„Nein, seine Eltern haben ihn nicht zur Nachhilfe angemeldet. Denn er hat sich über Sie beschwert. Er sagte, dass Sie während der Nachhilfestunde 30 Minuten lang gegessen hätten. Außerdem hätten Sie ihm gesagt, Sie würden die Nachhilfe nur wegen des Geldes geben! Also, Herr Kromway, das hätte ich nie von Ihnen gedacht! Essen während des Unterrichts – was fällt Ihnen ein?"

„Wie bitte? Was ist denn das für ein Quatsch! Ich habe während der Nachhilfestunde nichts gegessen!" Orlando traut seinen Ohren nicht. „Und außerdem wissen Sie so gut wie ich, dass ich gar nicht auf das Geld für die Nachhilfe angewiesen bin! Die Nachhilfe gebe ich, weil sie mir Spaß macht, weil ich den Schülern helfen will – und um mir in Stuttgart einige Extras leisten zu können!"

„Der Schüler hat aber gesagt, Sie hätten gegessen. Ich kann mir richtig gut vorstellen, wie Sie das gemacht haben und wie Sie kauend vor dem Schüler gesessen sind!" Herr Kromway blickt auf Orlandos Bauch.

„Jetzt reicht es mir!", schreit Orlando. „Da reiße ich mir jahrelang den Hintern auf für ein Taschengeld, damit Ihr Institut einen guten Ruf bekommt, diesen auch behält und sich Ihre Mathe- und Physik-Schüler verbessern. Und wenn es wirklich Probleme gibt, dann glauben Sie irgendeinen erfundenen Schwachsinn Ihrer Schüler – und Ihre Nachhilfelehrer sind die Deppen dabei! Warum glauben Sie solch einen Scheiß, den Ihnen ein Schüler erzählt – und mir glauben Sie nicht?"

Herr Mordhorst sitzt da, wie vom Donner gerührt. Er meinte, Orlando nähme die Schuld auf sich, während der fraglichen Nachhilfestunde gegessen zu haben. Mit diesem Gefühlsausbruch von Orlando hat er nicht gerechnet.

„Wissen Sie was?" Orlando stampft mit dem Fuß auf. „Wenn Ihnen meine Arbeit nicht passt, dann höre ich bei Ihnen auf, Nachhilfe zu geben! Ihr GEODREIECK brauche ich nicht mehr – und Sie brauchen mich offensichtlich auch nicht! Suchen Sie sich einen anderen Mathe- und Physik-Nachhilfelehrer! Ich bin ein unbescholtener Bürger, ein spitzenmäßiger Verkaufsingenieur und ein erstklassiger Nachhilfelehrer, und ich habe es nicht nötig, mich von irgendwelchen Nachhilfeschülern anschwärzen zu lassen – nur weil sie frustriert sind und keinen Bock auf Nachhilfe haben!"

„Aber, Herr Kromway, so war das doch nicht gemeint! Ich wollte Ihnen nur sagen, dass ein Schüler sich über Sie beschwert hat!", versucht Herr Mordhorst, Orlando zu beschwichtigen.

„Ja, das haben Sie! Sie haben es mir gesagt!", schreit Orlando. „Und ich habe verstanden, dass Sie nicht hinter ihren Nachhilfelehrern stehen! Keinen Millimeter! Der Kunde ist König – Ihre Schüler dürfen also Ihre Nachhilfelehrer nach Lust und Laune anschwärzen – und Sie tun nichts dagegen! Wissen Sie was? Ihr Nachhilfeinstitut hat keine Nachhilfelehrer verdient! Vielleicht versuchen Sie es mal mit Robotern? Reich genug, um sich welche zu kaufen, dürften Sie ja jetzt sein!"

Spricht es – und fegt aus dem Nachhilfeinstitut. Seinen Stundenzettel, den er abgeben muss, um seine Nachhilfestunden noch bezahlt zu bekommen, wird er in den nächsten Tag in den Briefkasten des Nachhilfeinstitutes stecken.

Ihm tut es um die Schüler leid – aber er will sich von niemandem etwas anhängen lassen. Er will über sich von gefrusteten und gelangweilten Jugendlichen keine Fake-News in die Welt setzen lassen.

Jetzt geht er mit Angelika ins Fitness-Studio, um sich abzureagieren.

Einige Tage später beschwert sich Orlando bei der Zentrale der DAS-GEODREIECK-Nachhilfe-Institute darüber, dass in der Filiale in Stuttgart-Feuerbach Nachhilfelehrer angeschwärzt werden dürfen. Die Leute in der Zentrale unterhalten sich darüber mit Herrn Mordhorst und ermahnen ihn, dass solche Dinge in Zukunft nicht mehr stattfinden dürfen. Probleme müssen in Gesprächen mit den Schülern UND den Nachhilfelehrern gelöst werden! Denn was soll ein Nachhilfeinstitut machen, wenn es keine Nachhilfelehrer mehr findet?

57. Kapitel

Nur ein knappes halbes Jahr später verabschiedet sich Orlando von Hubert. Orlando hat sich verändert, sein Bierbauch ist merklich geschrumpft – dank regelmäßiger Gymnastik im Fitness-Studio und vernünftiger Ernährung – und natürlich dank Angelika, die ihn in dieser Hinsicht sehr unterstützte und dies noch immer tut.

Und sie hat vieles mehr in seinem Leben verändert – seine Wohnung, sein Gemüt, sein Denken und Fühlen.

„Jetzt zieht ihr also zusammen", lächelt Hubert traurig und schüttelt seinem Freund die Hand.

„Ja – die gemeinsame Wohnung ist eingerichtet", bestätigt Orlando. „Leider am anderen Ende der Stadt. Aber ich denke, das ist kein Anlass, unsere Freundschaft zu beenden?"

„Nein, nein", beteuert Hubert. „Ich werde euch auf jeden Fall besuchen."

„Es war schön, mit dir plaudern zu können!" In Orlandos Augen schimmern Tränen.

„Ich will deinem Glück nicht im Wege stehen!", meint Hubert großzügig. „Du hast es verdient."

Orlando erwidert nichts darauf – spontan umarmt er seinen Freund und schwört ihm, sich bald bei ihm zu melden.

„Und – wann heiratet ihr?", will Hubert zum Schluss wissen.

„Ooh – ich weiß nicht!" Orlando ist über diese Frage sichtlich erstaunt. „Im Moment existieren keine Heiratspläne. Warum sollen wir uns beeilen? Angelika ist 36, ich bin unterdessen 41 Jahre alt. Jetzt haben wir es so lange nicht geschafft, vor den Standesbeamten zu treten – also können wir noch länger warten."

„Recht habt ihr!" Hubert nickt.

Die Stadtbahn naht, und Orlando steigt ein. Da fährt er hin – in die andere Richtung. Dorthin, wo seine glückliche Geliebte Angelika auf ihn wartet.

Hubert winkt der Stadtbahn noch lange nach, bis sie in der Ferne verschwindet.

58. Kapitel

Beatrix Pfifferling-Mosbach klopft verhalten an die Türe ihres Chefs Dr. Bogner. In der Hand baumelt eine Baby-Tragetasche mit ihrem schlafenden Bübchen Sebastian.

Heute hat sie ihren Nachwuchs ihren Kolleginnen und Kollegen im Verlag EIMER & PARTNER vorgestellt. Mit lautem Hallo wurde sie empfangen, der kleine Sebastian bestaunt und von Hand zu Hand gereicht.

„Herr Dr. Bogner soll Sebastian auch kennen lernen", denkt Beatrix großzügig, obwohl sie keine Lust hat, ihren Chef zu sehen und obwohl Sebastian gerade schläft.

Leise drückt Beatrix die Türklinke herunter und tritt in Herrn Dr. Bogners beeindruckend eingerichtetes Büro.

„Ah – Frau Pfifferling!", ruft er erfreut. "Wie schön, Sie zu sehen! Nehmen Sie doch Platz!" Er weist mit der Hand auf den Ledersessel vor ihm.

„Pfifferling-Mosbach, bitte!", korrigiert sie ihn. „Ich bin verheiratet!" Beatrix zeigt sich unverhohlen stolz über ihren Doppelnamen und legt besonderen Wert darauf, von jedermann damit angesprochen zu werden.

„Stimmt ja – ich habe davon gehört!" Wie ein zerstreuter Professor streicht er sich über seinen immer lichter werdenden grauen Haarschopf. „Wissen Sie – die viele Arbeit!", meint er dann entschuldigend.

„Ich wollte Ihnen meinen Sohn Sebastian vorstellen!" Beatrix nimmt Platz und stellt die Baby-Tragetasche neben sich auf den Boden.

Herr Dr. Bogner erhebt sich von seinem managergerechten Ledersessel, schreitet um den Schreibtisch herum und schaut in die Tragetasche.

„Wie süß – daraus wird vielleicht einmal ein neuer Mitarbeiter!"

Beatrix schluckt. Ihr Sohn soll einmal studieren und nicht in einem Verlag landen. Aber laut sagt sie das nicht.

„Wie geht es Ihnen denn, Frau Pfifferling-Mosbach?", fragt Herr Dr. Bogner und setzt sich wieder auf seinen Platz.

„Ich bin rund um die Uhr beschäftigt!" Beatrix strahlt. „Aber zum Glück besitze ich den besten Ehemann der Welt..."

Liebevoll driften ihre Gedanken ab zu Fabian. Fabian, der nicht nur in seinem Beruf äußerst erfolgreich ist, sondern auch ein liebevoller Ehemann und ein perfekter Hausmann. Ein Bild von einem Partner – der Traummann schlechthin!

„Das freut mich für Sie!" Herr Dr. Bogner meint es ehrlich. „Und – finanziell kommen Sie auch über die Runden?"

Beatrix stutzt – denn sie weiß nicht, wie seine Frage gemeint ist.

„Haben Sie momentan einen Engpass an Lektoren?" Sie zieht ihre Stirne in Falten.

„Nein, nein – nehmen Sie nur Ihren Mutterschafts- und Erziehungsurlaub. Ihr Sohn braucht Sie!"

Verzückt sieht sie auf ihr Kind, das immer noch friedlich schläft.

„Ich denke, ich muss mich bei Ihnen entschuldigen." Er faltet seine Hände und blickt sie an. „Sie sind eine fabelhafte Lektorin, und ich weiß, dass Sie in letzter Zeit in starke Gewissenskonflikte gerieten."

Erstaunt rutscht sie auf ihrem Sessel nach vorne. Herr Dr. Bogner lobt nur selten seine Untergebenen. Und wenn, dann muss dies einen besonderen Grund haben.

Sie sagt nichts und wartet auf seine weiteren Ausführungen.

„Unser Verlag hat in den letzten Jahren zu einseitig gearbeitet", fährt er fort. „Zu sehr haben wir uns auf Material aus dem Ausland gestürzt und konnten dadurch natürlich nicht mehr gutes deutsches Material sichten."

Sie nickt.

„Jahrelang merkte niemand etwas davon – aber es scheint, als hätten die Deutschen ein neues Nationalbewusstsein entwickelt." Er beißt sich auf die Lippen. „Die Nachfrage nach deutscher Literatur wird größer – und so wurde zum Beispiel unser Buch ‚Liebe im Schlafwagen' ein Flop."

Beatrix sagt immer noch nichts. Sie weiß, dass der Verlag viel Geld in eine Werbeaktion für dieses Buch gesteckt hat. Ohne Erfolg allerdings – die erste Auflage verkaufte sich nur schleppend, und so wurde dieses Buch vom Markt genommen. Weiteren Büchern, die mit vielen Vorschusslorbeeren bedacht wurden und aus dem Ausland stammten, ging es ebenso.

„Natürlich heißt das nicht, dass wir gänzlich auf Manuskripte aus dem Ausland verzichten!" Herr Dr. Bogner lächelt. „Wir wollen nur mehr deutschen Autoren eine Chance geben."

„Was für eine tolle Idee!" Beatrix ist sichtlich beeindruckt. „Sie wissen gar nicht, was für eine Freude Sie mir damit machen. Auch wenn ich momentan nicht arbeite..."

„Ich habe noch eine bessere Idee!" Herr Dr. Bogner grinst geheimnisvoll und zieht dann einen Plastikordner mit sauber beschriebenen Seiten aus einer Schublade seines Schreibtisches.

Beatrix erstarrt. Ihr Manuskript!

„Sie hatten doch dieses Buch geschrieben – sehe ich das richtig?"

Beatrix wird schwindlig. Sie hält den Atem an.

„Aber – aber, ich hatte dieses Manuskript der Literaturagentur HOHN & RAFF zur Prüfung geschickt! Wie kommen Sie dazu?"

„Seien Sie froh, dass ich es HOHN & RAFF abgeluchst habe. Unser prominenter Autor Hans Buchsmoser wollte sein neuestes Manuskript unbedingt von dieser Literaturagentur lektorieren lassen. Arnold Hohn ist ein ehemaliger Klassenkamerad von Herrn Buchsmoser.

So wurde ich von HOHN & RAFF eingeladen, das Manuskript von Herrn Buchsmoser zu besprechen – und sah Ihr Manuskript!" Triumphierend klopft er auf die Schreibtischplatte und lächelt.

„Ich verstehe immer noch nicht!" Beatrix zupft an ihren Haaren. „Ich hatte mein Manuskript dieser Literaturagentur zur Prüfung gegeben, weil es sich hierbei um eine renommierte Literaturagentur handelt, die sogar schon mehrere bekannte Fernsehserien produziert hat. Eine Literaturagentur verhilft ihren Autoren, einen Verlag zu finden..."

„Eine seriöse Literaturagentur tut das, ja!", unterbricht Herr Dr. Bogner ihren Redefluss. „Aber HOHN & RAFF tun das nicht. Sie gaukeln jungen, unbekannten Autoren vor, sie – also HOHN & RAFF - könnten für diese Manuskripte leicht einen Verlag finden. Dann luchsen sie den Autoren im Voraus mehrere tausend Euro ab, versehen dann das Manuskript mit ein paar Bleistiftstrichen – das nennen sie Lektorierung - und kümmern sich nie wieder darum!

Das Manuskript verstaubt in dieser Literaturagentur, HOHN & RAFF haben sich wieder ein paar tausend Euro nebenbei für eine Urlaubsreise oder den neuesten PORSCHE verdient – ohne viel Arbeit, wohlgemerkt! Die neuen Autoren wundern sich, warum sich von nun an weder HOHN & RAFF, noch ein Verlag bei ihnen meldet. Und irgendwann kündigen sie frustriert den Vertrag mit HOHN & RAFF. Ihre Vorauszahlung sehen sie nie wieder.

Auch gerichtlich kann man nicht gegen diese Art von Betrug vorgehen. HOHN & RAFF sitzen am längeren Hebel und haben die besseren Anwälte..."

„Das ist ja schrecklich!", ächzt Beatrix. „Warum arbeitet dann Herr Buchsmoser mit dieser Literaturagentur zusammen?"

„Weil HOHN & RAFF nie Prominente so betrügen werden, wie sie junge, unbekannte Autoren betrügen. In dieser Branche wäre dann der Ruf von HOHN & RAFF sofort ruiniert, das kann man sich doch nicht leisten. Außerdem ist das eine gute Werbung für HOHN & RAFF, wenn sie mitgeholfen haben, dass die Manuskripte von Prominenten zu Büchern werden.

Deswegen meine Warnung an junge deutsche Autoren: Hütet euch vor einer Literaturagentur, für die ihr im Voraus

Geld bezahlen müsst" Herr Dr. Bogner hat sich richtig warm geredet und gestikuliert mit seinen Händen. „HOHN & RAFF hat eine für seine Agentur sehr nützliche Klausel in seinen Verträgen: ‚Die Literaturagentur ist nicht verpflichtet, ihren Autoren mitzuteilen, welchen Verlagen und wie vielen Verlagen sie das Manuskript vorlegt.' Somit müssen HOHN & RAFF nie beweisen, dass sie sich nie um die Vermittlung der Manuskripte junger Autoren kümmern. Seien Sie froh, dass ich Ihr Manuskript dort herausgeholt habe!"

„Ja, aber was passiert jetzt damit?" Beatrix schluchzt beinahe. „Wissen Sie, es ist ein Liebesroman. Ein wirklich schönes Buch. An wie viele Verlage soll ich es denn noch schicken?!"

„Ja, Frau Pfifferling-Mosbach, Sie haben recht. Es ist ein wirklich schönes Buch!" Herr Dr. Bogner lächelt ihr aufmunternd zu. „Wir werden es verlegen!"

Beatrix traut ihren Ohren nicht. Wieder wird ihr schwindlig. Kommt jetzt ihre Chance, nach mindestens fünfzig Absagen, nach etlichen Manuskriptkopien, die ihr die Verlage nie zurücksandten? Nach bangen, hoffnungsvollen Stunden – und sogar nach der Überlegung, irgendwie eine ausländische Staatsbürgerschaft anzunehmen, nur um von einem namhaften deutschen Verlag akzeptiert zu werden?

„Oh – das ist die schönste Nachricht seit der Geburt meines Sohnes!" Sie springt von ihrem Platz auf und fällt ihrem Chef um den Hals. Endlich ein Verleger! Und sogar noch ihr Arbeitgeber! „Aber – warum wollten Sie mein Manuskript vorher nie lesen?"

„Ich war genauso verblendet von den vielen ausländischen Autoren wie viele andere Personen in diesem Hause auch. Ich sage Ihnen, Frau Pfifferling-Mosbach, wir werden uns bessern. Und wir fangen heute damit an. Indem wir aus Ihrem Manuskript ein Buch machen und es ganz groß herausbringen!"

Beatrix schluckt. Dies ist kein Traum, dies ist Wirklichkeit. Sie blickt auf ihren friedlich schlummernden Sohn und danach auf ihren Chef. Und zum ersten Mal in ihrem Leben könnte sie ihren Chef vor Freude küssen.

Elaine Laurae Weolke

Blätterrauschen, weit weg

Audrey aus Deutschland und Lionel aus Australien beginnen einen Briefwechsel. Nach einigen Treffen verlieben sie sich ineinander und schmieden Pläne für eine gemeinsame Zukunft. Jedoch gibt es einige Schwierigkeiten und unvorhergesehene Ereignisse.

ISBN-Nummer: 978-3-7448-1858-2
Als Taschenbuch und als E-Book erhältlich.
Herstellung und Verlag: BoD - Books on Demand

Elaine Laurae Weolke

Nächster Halt: Sydney Harbour Bridge

Endlich ist es soweit, dass Audrey Lionel in Sydney besuchen kann. Der Urlaub wird unvergesslich. Anschließend stellt sich die Frage: Gibt es eine gemeinsame Zukunft? Und wenn ja, in welchem Land?

ISBN-Nummer: 978-3-8482-3160-7
Als Taschenbuch und als E-Book erhältlich.
Herstellung und Verlag: BoD - Books on Demand